书香入梦

栗俊青 著

山西出版传媒集团
SHANXI PUBLISHING MEDIA GROUP
山西经济出版社

“老铁”情怀

/黄　风

又听到了那“叫声”，浓烟奔腾的（机关）。

带着的不是货运车皮，而是绿色车厢。进入高铁时代，记忆中的绿皮火车，正渐行渐远，在忘却的路上。尽管还可以见到它，且与以往大不同了，早已更新换代，叫声没那么吼了，也不再“吞云吐雾”。

曾几何时，绿皮火车承载着许多人的向往，尤其是与城市相距遥远的乡村，像《哦，香雪》中的台儿沟。那向往有时很明确，有时完全是盲目的，但无论向往的里程有多远，前方一定是彩虹拱门。

能特别想起绿皮火车来，是因为俊青的书稿。更多的是，因为她的工作，我早知道，她同火车打交道。“那叫声”，至少贯穿了她家三代人的天空，她在《我们家与火车》中写道：

我祖奶奶没听说过火车！

我奶奶没见过火车！

我爷爷一辈子只坐过一次火车！

我父亲在铁路子弟学校当了四十年教员！一辈子坐过无数次火车！

我弟弟在铁路的几个四等小站当了二十年信号工！放行过无数列火车！

我在一个段管二等站当了十八年客运员！迎送过无数列火车！

从岁月纵深处，火车呼啸而来，轮脚下的路紧跟时代而延伸。祖奶奶的时代，火车还没有出现在乡野地平线上，她根本不知它为何物。奶奶的时代，它的名字已走进“耳域”，于鸡犬之声相闻中，她或许也听到了它的叫声。

爷爷开始踏上火车，尽管一辈子只坐过一次，但那一次坐得非常执着，风尘仆仆到塞外找儿子，“途中宁可绕远也非要坐一回火车”。满足了爷爷一辈子的愿望，“觉得他活得值当了。”踏上火车的一刻，爷爷的内心可想而知，紧抓着车厢门旁的把手，即将进入车厢的背影，从另一种意味上说，一如朱自清父亲的“背影”深长。

到了父亲手里，不仅“坐过无数次”火车，一生都和铁路分不开了。再到了她和弟弟，与火车朝夕相伴，每天接受嘹亮的召唤，成为比父亲还要“老铁”的“老铁”。母亲虽然居家，却为他们牵挂着，一样的心跟着火车跑。他们一家人对火车的情感，正如她感慨的，“自然而熟悉，深厚而复杂”。

自一九九八年“顶替父亲”，加入“老铁”行列，俊青便把青春年华，像父亲一样奉献给了铁路。日复一日从面前经过的火车，带着她日复一日迎送的祝愿，从远方来，又到远方去。如此“自然而熟悉，深厚而复杂”的情感，或显或隐地倾注笔端，在她书稿的多篇作品中，字里行间透着“老铁”味儿。

俊青的作品，几乎每篇都情感饱满，读来亲切、温暖、感动，包括隐隐的伤痛，这在世道浇漓、文风浮艳的当下，无疑是可贵的。而透着“老铁”味儿的情感，更是难能可贵。那“老铁”味儿有着一种朴实的家国情怀，虽“位卑”也“不敢忘忧国”啊！

当她穿起“那身曾经极其羡慕的铁路制服”，走上两头铁道绵延的站台时，轻松感荡然无存，“只有沉甸甸的责任担在双肩”。“至此我才明白：铁路工人的一颦一笑多么重要，而他们手中的那面旗帜更是关乎旅客生命和行车安全。”

被她“顶替”的父亲，“一辈子和铁路生死纠结”，因病卧床不起了，还惦记着她和弟弟的工作，不轻易打扰他们，“怕给添乱”。与她和弟弟谈起来，“一说火车就来劲”“一说铁路，病就好一半”。病愈后的最大愿望，就是要姐弟俩陪着坐一回高铁，像她爷爷当年坐火车一样，“这辈子就值当啦”！

曾被爱情遗忘的弟弟，铁路技校一毕业就当了信号工，在几个偏远小站来回辗转，“年近四十，还未成婚”。但初心不改，铁了心甘做一名“老铁”，在平凡孤独的岗位上坚守了二十年，直到遇上就爱“老铁”的意中人，才把他当古董般拣了个“大漏”。

从父亲到她和弟弟，在风雨无阻的铁路线上，他们说小了是一粒道砟，说大了也不过是一根轨枕。但正是像他们一样的，千千万万的“老铁”，为铁路的平安运行与兴旺发达，一代接一代忠贞不贰的奉献，才有了中国铁路今天的辉煌。

再一个是底层叙事，这点同样难能可贵。俊青笔下没什么“大人物”，都是烟火熏陶的普通人，像那一站一站耐心停靠的绿皮火车。比如憨实的笨姐姐，终于“乱坟岗”的狗娃，曾一起睡大通铺的梅，再比如满口宁武方言的邻居，青岛疗养遇到的老夫妻，从自己到孩子“恩遇”的几位老师。更多的是她一家子的书写，包括十分体贴她的婆婆公公。

她以爱怜的目光观之察之，以宽展的心态书之写之。“像只笨鸭子”的姐姐，觉得自己“不是念书的料”，便“把所有的书本打捆了，放到屋后的羊圈里”，十六岁就倔强地扛起锄头，做了“彻彻底底的农民”。

春天，姐姐一担一担将厕所的大粪挑到自留地，肩上的皮褪了一层又一层，可她从不吭声。有时星期天我从她身边捏着鼻子经过，姐姐抬起头憨憨对着我笑，可我却不想和她多说几句，总是说“我要回家写作业”。姐姐似乎做错了什么一样，摆摆手，歉意地说：“你回，你回，别误了学习。”我一溜烟儿往家跑，心说姐姐真傻。

六岁的时候，被抽大烟的父亲以“五十块银圆和一斗小米”卖掉的婆婆，做了公公的童养媳。受尽做童养媳的磨难，十三岁与公公圆房时，“没有红盖头，没有新衣裳，没有新被褥，甚至连一根红腰带都是从一房远亲借来的”。

圆房半年后，大婆婆九岁的公公就参军了，从太原一直转战到青海西宁，并在那里转业落脚。走后八年中，公公给家中来信，“只问爹娘安好，从不提起我的婆婆，连片言只语都没有”。已长大的婆婆，便卖掉“自己身边所有的什物”，怀揣“积攒下的十八块钱”，踏上先前往西安，再前往西宁的火车，“上演了一出《孟姜女千里寻夫》的悲喜剧”。

一路挤来挤去，婆婆好不容易到了西安，在火车站，她还差点被人拐卖了。为防不测，婆婆脸都不敢洗，像逃荒似的，被汗水和灰土涂得五抹六道。那时候，她只有一个想法，无论如何也要去了西宁，弄明白自己的未来，结果是好是坏，要给自己一个交代。

一个星期后，婆婆终于辗转到西宁，没人知道公公的小名，她就说公公的大名，人家一听立马就笑，说那是他们连长，婆婆的心咯噔了一下，连长可是大官呀，这下完了。陈世美杀妻那出戏，她可是饿着肚子看了一回又一回。

连长出来了，盯着婆婆看了半晌，婆婆也不说话，要了一盆清水，洗得眉秀眼俊后，重新站到连长面前，说我找你来了，你要还是不要？要，我就留下；不要，我这就走。

公公盯着婆婆笑了：八年了，你终于长大了。

俊青的文字，初读“大大咧咧”，似乎有点平淡“粗拉”，但仔细一咂摸，却有别样的浓腴、别样的细腻在里面。于无痕处见伤痛，于平凡间显奇崛，于细小中蕴含大人生，于庸常中透着时代感。如我前面所述，读来亲切、温暖、感动，让人难以释怀。

比如《您若安好，便是晴天》《人间，最温暖的称呼》《亲爹亲娘》，再比如《情系铁路》《一本未曾公开发表的书》《都挺好》。在《心念婆婆》中她深情写道，“我想放下这萦绕在心、绵绵不绝的思念，但是未到清明却早已备下纸钱”。简直如泣如诉：

如果婆婆在，我将耐心聆听她颠三倒四、语无伦次的唠叨；如果婆婆在，我将毫无怨言容忍她的坏脾气；如果婆婆在，我会想方设法满足她的一切愿望；如果婆婆在，我不会再耍小女人的脾气，计较生活里的鸡毛蒜皮；如果婆婆在，我会陪她听戏、逛街，甚至陪她打盹；如果婆婆在，我会更加珍惜与她相处的每一天。

还有一点是，俊青的“童年”如影随行，紧跟她纸上行走。

1910年寒冬，在俄国阿斯塔波沃火车站，带着一蓬大胡子去世的那位老人曾说，“一个作家写来写去，最终都要回到童年”。对这句话的理解有多种，有一种是作家的创作摆脱不掉童年的影响，作品中会不知不觉潜入童年的“痕迹”。

俊青即是这样，在她书稿的大部分作品中，能看到她童年的“痕迹”，而且有的很明显，或干脆就是写童年的。在她没有“大人物”的笔下，如果寻找最小的“小人物”，那便是她童年的身影了。一个人的童年最纯真无邪，即使饱受艰辛，也会被那份纯真过滤，且岁月愈深过滤得愈净，或者发生转化，有关童年的记忆多剩下美好，像披上月光羽衣。

《故乡的端午节》：“每到端午节吃到母亲的粽子，眼前总会浮现这样一幕——在宽敞的屋檐下，母亲弯着腰，一手捞着泡好的糯米或黄米，小心地放到粽叶卷成的包裹里，多少次翻折，多少次捆绑，多少次默默地数呀数的……”

《豆芽》：“每年腊月二十三灶王爷一上天，奶奶就张罗着生豆芽。器具早备好了，是一个不知用了多少年的小瓮，幽亮光滑，距瓮底二寸许，有一肚脐眼似的小孔，把小孔用塞子塞住，装一升拣出来的绿豆，用凉水泡透了，压一块青石……”

《乡村“溜冰场”》：“顶着刺骨的西北风，一个一个在冰面上摔着跟头，一声高过一声的笑在云端飘着，从早上玩到中午甚至黄昏，忘记回家吃饭，直到月挂树梢，才唧唧咕咕往回走，老远就听到大人们焦急地呼喊：‘猫蛋，二丫头，四小子……’”

《最爱土豆》：“土豆的香味越来越浓，柴堆的火苗越来越弱，有些人等不及了，从未灭的火堆里夹出一颗土豆。两手来回倒腾几下，将土豆的黑煳皮一点一点剥了去，细白沙绵的瓤便露出来。烫乎乎的，撮了嘴吹一吹，迫不及待地咬一口……”

作为“老铁”的俊青，她的人生与铁路早焊到一起，也如火车一程一程经历着。“七〇后”的她，已到了人生的一个重要站点，且不说她工作如何，能利用业余时间出了一本书又一本书，就大大值得拊掌。

俊青的创作“余地”还宽敞，不要轻易与什么妥协，光是“铁路生活”，那大把的酸甜苦辣咸，她就有理由写出大好作品来。再就是她的作品，有的体量还可增大，结构空间还可拓展，细节处理还可淋漓，叙述把握还可精细。佳作是“修”出来的，要多下“笨工夫”，功到自然成。

文学创作实在水深，即使古今大家也难明确它有多深，因之文学创作最“仁者见仁，智者见智”。我对俊青作品的这点小感受，也算“仁智”之见吧，但远不足为“序”，仅供她创作参考而已。

山西作家协会副主席

山西作家协会散文专业委员会主任

山西报告文学学会副会长

二〇二四年盛夏于太原

目　录

枕着书香入梦来

小时候，曾经记着母亲一边在灶台“呼呼”拉着风箱，一边把一本厚厚的小说《青春之歌》搁在膝盖上，细细翻看。夜晚，在入睡前，她也总是伏着枕头，在昏暗的油灯下，品味着小说里主人公林道静的风雨人生，悲喜不能自禁，或婉笑抒怀，或泪湿沾巾，不知不觉便到天明。父亲几十年在外地工作，是案几不时更换的几本书陪伴着母亲和幼小的我们度过了不知多少漫漫长夜。书是由父亲隔些时日从外地寄回来的，每打开一本新书，母亲便会深吸一口气，那是书里墨香的味道，大概也有远在千里之外父亲的味道吧！

母亲嫁给父亲后，便犹如一棵树牢牢扎根在农村的土地上。根枝茎蔓茁壮成长，终于成了乡村里一道特有的风景。母亲是地地道道的城里人，但几年下来，她和土生土长的农村妇女一样，锄耙耧种样样是个行家里手。偶尔，一群妇女坐在如盖的绿荫下和一群老爷们荤话连篇、放肆大笑时，只要见着母亲必是要打着文明的招呼，主动让出一席之地来，母亲不吭声，只是微笑着和她们点点头。男人们则说：“这帮疯婆子在读书人面前也能斯文起来？”女人们则说：“一盆清清的水，谁好意思在里面扔点脏东西？”母亲的存在犹如夏日里满池碧水里开着的一朵莲花，清新得超凡脱俗，但总是吸引着别人的眼光。

母亲是村里数得着的会识文断字的人。那时，经常有人找她代写书信。不管多忙，这样的差事母亲从不推辞。写完后，她必定在人家面前认真诵读一遍。只记得对方总是说：“就这个意思，你写得真好。”此时，母亲必定不好意思起来，脸庞瞬时绯红。手里捏着母亲写好的信，走出大门，被代写书信的人总会嘟哝一句：“哎，人有了文化，脸薄得像层纸，连夸奖都不行！”

做了奶奶几十年儿媳妇，母亲对奶奶谦恭礼让，而奶奶则对母亲更多了一份小心翼翼。即便母亲偶尔有做得不周到的地方，奶奶轻轻皱一下眉头，也总是会让母亲的敏感神经异常活跃，于是愈加拘谨。她们之间相互敬重，亲密有间。母亲敬重奶奶是因为她生养了父亲，给了母亲完整、圆满的人生。奶奶尊重母亲的每一个决定，是因为母亲的智慧常常充满了准确的预见性。比如，人生病了，母亲一定主张治病、吃药，奶奶的求神问药往往不如母亲及时拿来的几粒小药片更能立竿见影。母亲不串门，也不传闲话，邻里和睦，奶奶比别人家的长辈耳根清净、生活自在，这恰是别的家庭最为羡慕的。奶奶常对人说：“我家媳妇是识得字的，识字就识大体，懂退让。做啥都有样！”奶奶一生都为山村里这位能拿钢笔、能打算盘的儿媳妇骄傲着。

母亲看过的书，后来大多我都看过。随着年龄渐长，我慢慢懂得母亲的不易，也更加体会到书籍对于一个人精神世界的重要性。不能

夜读　王晋东摄

想象假如没有那一本本书籍的陪伴，年轻的母亲带着无知懵懂的我们，寂寞必定会像重山压顶，何处寻得一丝亮光？在物质条件如此匮乏的年代，如果没有那一本本书籍的陪伴，年轻的母亲带着羸弱无助的我们，困难必定会像飓风袭来，心灵之舟无处漂泊！好在母亲有读书的爱好，好在一本本或薄或厚的书都曾给过她难得的快乐和无畏的勇气，也好在母亲将她的这种爱好完完全全“遗传”给了我。

那年，我八岁，爷爷在炕上半闭着眼养病。我和弟弟在外边“过家家”玩得累了，就回了家，坐在炕沿上说故事。俩人东拉西扯，乱说一通，说得有鼻有眼，直到把爷爷说得“哈哈大笑”，病也好了一半，直夸我俩的故事编得好。其实，他哪里知道是母亲买回来的《西游记》被我俩现时杜撰了！后来，《西游记》被拍成电视连续剧，爷爷已经病重不能自理，但他还是让我和弟弟架着他坐起来，看看妖魔鬼怪是怎么个厉害法，和我俩说的一样不？神仙也罢、妖怪也罢，一样的吞云吐雾，一样的变幻莫测。但是，在爷爷的心里，没有书籍的记载，再好的故事也不会流传下来，只会淹没于岁月的长河中，在他即将不醒的长梦中不会留下丝毫痕迹，而那定然是他恬静人生的又一缺憾。

在爷爷离开我们三十多年后的今天，我和弟弟记得最清楚的就是那日在炕上说神仙鬼怪的故事把爷爷逗乐的那回事。还互相问：“假如，我们俩没看过《西游记》，还能说些啥？”谁知道呢！

看书的习惯和生来的秉性一样，多年来竟未曾改过分毫。

上中学的时候，我变成了一只“书虫”，日日游弋在学校的图书室，品陶渊明的诗，看老舍的小说。两亩薄田终是梦中所求，岁月静好，四世同堂实为现世所有。

如今，数十年书山觅径，柳暗花明。书籍终成我心中“圣品”。

晨起，倚着床头，不急着起来。双手托着一本书，睡意渐退，等着清醒徐来。

夜晚，倚着床头，不急着闭眼。双手托起一本书，墨香悠悠，等着好梦又来。

心念婆婆

/ 一 /

快来医院!

那天，我正在单位上班，老公急匆匆打来一个电话。我忙和领导请了假，骑上自行车，像子弹一样射向医院。在CT室的门前，我看到了坐在轮椅上的婆婆被老公推着，一见面还跟往日一般，摸摸我的手，嘴里连连说：多凉啊，你多穿点衣服!

我不住点头，老公把我拉到他的身边，对我耳语：癌症转移，晚期!

说着，几滴眼泪不听话地打湿了他的镜片。

而我的指甲深深陷进他的手背，耳朵里炸雷般一响，把脑子炸得一片空白。片刻后，我从惊愕中醒来，一连声地说：肯定弄错了，这怎么可能呢？昨天还精神十足，有说有笑的老人家，今天怎能患上绝症，即将走到生命的尽头?

做医生的朋友将CT片拿给我看：看到没？这里，这里，全部是转移病灶。

他的笔像一根哭丧棒一样在我的眼前晃来晃去，令人绝望。但一切都是真的，亲爱的婆婆即将远去，从此不再回来。

六岁时，婆婆从一个山村被卖到了另一个更穷的山村，她抽大烟的爹得了五十块银圆和一斗小米，同时被卖的还有她年轻漂亮的母亲，买家是一个老赌棍。她的小弟，因藏在一个放米糠的缸里，总算逃过一劫。

八岁时，婆婆在冷眉黑眼的公婆的吆喝下，在灶台边呼呼地拉着风箱，一声紧一声地咳嗽。吃过饭，蹬着小板凳为全家人洗锅刷碗。星星伴她睡觉，露水送她回家。农忙时，在谷地里吓唬山雀；冬闲时，在寒风里捡拾柴火。

十三岁时，婆婆和二十二岁的公公拜了堂、成了亲，没有红盖头，没有新衣裳，没有新被褥，甚至连一根红腰带都是从一房远亲借来的。就这样懵懂无知的婆婆，稀里糊涂从少女成了媳妇。

半年后，公公扛枪参军了，从太原出发，一连打了无数恶仗，最后打到青海西宁，在那里落了脚。之后八年，他给家中偶有信来，只问爹娘安好，从不提起我的婆婆，连只言片语都没有。婆婆的个子长了，心也长了，她很想知道：别人家的媳妇富有富的舒服、穷有穷的快乐，可自己怎么就总是苦命人喝了黄连水，要咋苦有咋苦？她想知道自己是不是有奔头、是不是有盼头，那个和自己拜堂成亲的男人，是自己的依靠，还是捂不热的石头？

二十一岁时，连名字都写不出来的婆婆，上演了一出《孟姜女千里寻夫》的悲喜剧。她卖光了自己身边所有的什物，积攒了十八块钱。

从沟壑纵横的深山，爬过八十里山路，蹚过十里土路，赶到原平城。她怀揣十八块钱，却不敢买一个烧饼，住了半日旅店，又在火车站等了一夜，终于登上了去西安的火车，车上没有座，连通道上都站满了人，挤得气都喘不匀。

一路挤来挤去，婆婆好不容易到了西安，在火车站，她还差点被人拐卖了。为防不测，婆婆脸都不敢洗，像逃荒似的，被汗水和灰土涂得五抹六道。那时候，她只有一个想法，无论如何也要去了西宁，弄明白自己的未来，结果是好是坏，要给自己一个交代。

一个星期后，婆婆终于辗转到西宁，没人知道公公的小名，她就说公公的大名，人家一听立马就笑，说那是他们连长，婆婆的心咯噔了一下，连长可是大官呀，这下完了，陈世美杀妻那出戏，她可是饿着肚子看了一回又一回。

连长出来了，盯着婆婆看了半晌，婆婆也不说话，要了一盆清水，洗得秀眉俊眼后，重新站到连长面前，说我找你来了，你要还是不要？要，我就留下；不要，我这就走。

公公盯着婆婆笑了：八年了，你终于长大了。

从此，在异乡多了一对普通而寻常的夫妻。

二十年里，他们生育九个儿女，养活了其中五个。老大毕业于地质学院，老二毕业于石油学院，老三毕业于电力学院。剩下老四，也就是我老公，没有像三个哥哥念成书，靠在社会上打拼，也闹腾得红红火火。再就是女儿了，也没念成书，做了一个普普通通的工人。

老大上大学时，“文化大革命”还没有结束，在青海吃不上饭。那时，婆婆家里也找不出半点多余的粮食，但是背靠着一座青山，山上有野果有野蘑菇，还有野鸡、野兔、狍子。婆婆就在山里偷偷开垦一片荒地种上土豆，把野菜、野果晒干磨成面，然后再炒成炒面，把野味弄成肉干，一个学期给老大寄三五包。靠着这些干粮，老大渡过了饥荒，又顺顺利利完成了学业。

老三上学的时候，已经改革开放，家里养了长毛兔，婆婆靠在识字班学下的一点文化，掌握了科学饲养长毛兔的技术，所养的一百多只长毛兔，每年能给家里增加两千多元，在当时实在是一笔非常可观的收入，家里的日子也随之渐渐好转。

在儿女的眼里，婆婆永远是那么能干，就像是一台永动机，永远有使不完的劲、干不完的活。年轻的时候，她一口气能从汽车上连续卸下几吨水泥，还不误晚上为孩子们缝衣做鞋。她像燕子垒窝一样，带着全家老小，取土造屋，在西宁塔尔寺的旁边，建成一座漂亮的庭院。前年，我去西宁，当年的邻居还记得院落里盛开的花朵，在春天弥漫着芬芳的香味，总是让人驻足留恋。

五十七岁时，能干、勤劳、永不休息的婆婆因劳累过度在一个下午突然晕倒，并留下了终身后遗症。那一年，全家从青海回到山西，应了树高千丈，也要叶落归根的老话。

六十二岁时， 我嫁给他的幺儿，成了她的儿媳。有好长时间，她心里并不接纳我。我把每件事做得自认尽善尽美，依然得不到她的褒奖；我把她的横眉冷对换作微笑面对，依然得不到她的疼惜；当我试图与她做内心的交流，却发现在我们之间，她总是要竖起厚厚一堵墙，让你火热热的心碰壁。

我问老公：这到底为什么？

老公哈哈笑道：你抢走了她老儿子，她能不跟你急？

我一下子释然了，笑婆婆小孩一般，慢慢地让她的“急”变成了对我体贴入微的爱。

婆婆六十三岁时，她遭受了人生最惨痛的打击，公公意外地走了，我们年轻的姐姐也意外地走了。我们把姐姐离去的消息，一直隐瞒至今，让婆婆长久地生活在被欺骗的悲凉境界中。假若老天有情，当她看到这样一位快速衰老的老人，也定然于心不忍。

婆婆六十六岁时，春节里她高兴得合不拢嘴，因为那一年我的儿子降生。夜里，儿子一哭，隔屋的婆婆立刻像弹簧一样弹起来，冲着我的房门喊：媳妇你哪去了？不管娃！

其实，儿子就在我的怀里，但她总是不放心，有时会赤着脚，冲进我的屋子，亲眼看着孩子睡熟了，这才打一个哈欠，极不情愿地离去。

孩子什么时候会笑了、会闹了、会走路了，婆婆比谁都清楚。当儿子独自玩耍时，婆婆要么在他的小屁股上冷不防咬一口，要不故意捣乱，用拐棍砸烂他的汽车，用脚踢翻他的城墙，当儿子哭得泪雨纷纷，向人诉苦告状时，婆婆却捂着嘴偷偷地笑。老公说：人老了，老一遍，小一遍。但是让你总想不通，才几年的工夫，婆婆怎么说老就老了，昔日的精明强干哪里去了？

婆婆七十六岁时，整整两个月，她闹腾着要去养老院。送过去，又闷闷不乐返回来，总说拖累我十几年了，去哪里好呢？三个哥哥从各地赶了回来，婆婆看看这个、瞅瞅那个，最终哪里也没有去，还是留在我们身边。她说：这个家她实在离不开，离开了，就不会天天看见我们一家三口了。

那年国庆节，婆婆手抚左肋，夜里偶尔听到她压抑的呻吟，谁知，这一次的病痛是如此残酷，令人意想不到和难以接受，她老人家居然要远行，永远不再回来了。在最后半个月的时光里，她急速地消瘦下去，轻得像一片羽毛，被他的幺儿一次次从床上托起。而我却像做了一个噩梦，冥冥中期待着奇迹的发生。婆婆的床前摆满了各种昂贵的补品，她却总是摇摇头，一口也吃不下去。

半夜里疼痛袭来时，婆婆常常呼喊着我的名字，我赶紧到她床前，她紧紧攥住我的手，那求助的目光，让你不忍与她对视。

在半个月的时日里，我常暗自垂泪。人生几何？去日苦多！哥哥们走马灯般你来我走，婆婆却与他们连挥一挥手的力气也没有了。“树欲静而风不止，子欲养而亲不待”，想到此怎不让人长夜难眠、扼腕叹息呢？

亲戚或余悲，他人亦已歌，死去何所道，托体同山阿。人生总有尽头时，唯有时光能淡化悲伤，拭去婆婆的眼泪，化作心头一念，留作我们一生的记忆。

婆婆啊，儿媳很想念你！

/ 二 /

去年，婆婆七十七。今年，婆婆七十八。

去年的婆婆在每个黄昏拄杖倚门盼我回家，今年的婆婆却已化为尘泥，长眠于地下。

书房里披着黑纱的婆婆笑靥如花，却不再言语。立在墙角的手杖如我一样再也不会感知被人握在手心里暖暖的感觉。

一年来，婆婆的影子依然清晰如昨。夜半时分，似乎还能听得见隔床她打鼾的声音，梦中醒来却只能望见她曾经睡过的枕头，听到钟表无情的滴答声。

婆婆去远行，却不再会有返程。我一遍遍对自己说。

如果婆婆在，我将耐心聆听她颠三倒四、语无伦次的唠叨；如果婆婆在，我将毫无怨言容忍她的坏脾气；如果婆婆在，我会想方设法满足她的一切愿望；如果婆婆在，我不会再耍小女人的脾气，计较生活里的鸡毛蒜皮；如果婆婆在，我会陪她听戏、逛街，甚至陪她打盹；如果婆婆在，我会更加珍惜与她相处的每一天。

如果婆婆在，逢年过节，兄弟间推杯换盏，行酒令划拳，愉快的笑声能掀翻房顶。这时候的婆婆看着儿女肆无忌惮的样子，总是抿着嘴无声地笑着。有婆婆在，这个家总是如炭火般温暖。

如果婆婆在，年近六十的大哥仍会有人拥他入怀在他的耳边轻呼一声“我的儿”。如果婆婆在，即使你远在天边，如风筝一般飞得再

代县阿育王塔　王晋东摄

高再远，而婆婆便是那放风筝的线轴，轻轻一收，你总会不由自主回到她的身边。

我想放下这萦绕在脑、绵绵不绝的思念。但是未到清明却早已备下纸钱。

七月十五的梦里，她拄着拐杖忽隐忽现站在我的床前。

十月初一天气转凉，寒冷的十字路口有我刚刚为她烧过的棉衫。

婆婆今年七十八，我多想继续在她面前告诉她，她的老儿回家有多晚。告诉她，她的孙儿有多调皮。记得以前，只要这样在她面前轻轻呢喃，早上，她总会吩咐推门而出的老儿早点回家，她总会轻轻呵斥玩着泥巴的孙儿要听我的话。而如今，我常常揣着满肚子的委屈，环顾每一个角落，多想含泪问一声：婆婆你在哪？

婆婆在的时候，家才是个家。尽管躺在床上的婆婆，早已不能言语，可那恋恋不舍的目光里分明告诉每一个人：什么是手足情深，什么是血脉相连。尽管病中的婆婆已神志不清，没有知觉，可是谁都明白她不愿离去的魂魄，还和从前一样默默祷告每一个人都健康平安。

婆婆如果在，今年只有七十八，我曾经那么盼望她长命百岁，尽享天伦之乐。可是，大概怕我受累吧，病重的婆婆艰难地选择放手，卷起行囊与分别已久的公公相会于瑶台，在那里，儿女照样还是他们永恒的话题，即便是羽化成仙。

在这个世界上，每个女人总会是别人的儿媳，总会有自己的婆婆，我多想告诉那些婆婆依然健在的女人，爱你的婆婆吧，是她给了你幸福的根，一个温暖的家，一个美丽的梦！

她是值得我们珍藏在心底无价的宝贝！

婆婆今年七十八，在这个世界上我却不会再有婆婆，想到此，早已是泪落两行。

您若安好，便是晴天

娘：

我扳着指头数，今天距离您年前摔着腰整整九十五天。人常说：“伤筋动骨一百天”，按道理，操劳了一辈子的娘本该静静休养一下的。可是，我知道娘是闲不住的。

记得那天恰是爹的生日，我本来是要计划趁着休班，中午的时候和爹娘吃个饭的。可是那天上午，爹却在电话里只朝建业嚷着，让他早点回去，帮忙侍候他的宝贝蜜蜂。明显，您和爹不盼着我回去。那天，我就怀疑，天天要听听我声音的娘，怎么回事？让爹抢了先呢？可爹说：“你娘出门了，也没带手机，让女婿帮忙是娘的意思！”我像娘您一样的老实，就信了。

我在家等着建业回来。想不到他回来了，还带回了车上动弹不得的娘。我蹦出去，问：“怎啦？”娘，您皱着眉，疼得五官都变了样，却一声不吭。娘，我知道，您是怕惊着我。几个人帮着将您放到床上，我过去给您盖了被子。还记得当时您借空儿，握着我的手说：“二，不妨事，你歇心！”

我，怎么能歇心呢？

夜晚，我陪着您睡觉。问您："疼不？"您说："还行！"我的手在您的身上轻轻揉搓。但您说："二，你歇着！明儿，还要上班，在查危台一站一整天，要不漏检了，就事儿大了！"在客运车间工作的这些年，娘，您早已熟悉了我的工作性质和工作流程，有时候即便是要进站上车，您也是早早把行李放到传送带上，检查完毕后，远远在候车区域眼睛不眨一下看着我，直到广播通知放行进站，您才一步三回头恋恋不舍走到站台上。如今，您躺在床上，可还是想着我的身体和工作。我问您："娘，告诉三儿不？"您说："别说，千万别说，高铁站没开，听说最近忙着试车，可别让他分心。"我知道，娘，您的心里早就盼着您的小儿回来了，他已经整整一个月没回家了，可您知道儿女们都在铁路上工作，不能随便离开，您已经习惯把心头的思念化作长久的等待。当娘的心啊，为儿为女什么苦、什么罪都能吃、都能受。

娘，您常说，家里就您不挣钱，没收入，您不想在自己身上乱花一分钱。小毛病扛着，衣服从来舍不得换新的，我们给您买回去，您也总是说："乱花钱，旧的还好好的，能穿！"您一分钱想着掰开花。可娘您知道吗？您是家里的顶梁柱。您病了的那段时间，爹来看您，他不会说什么好话，只是一进门直奔您的床前，一个劲儿埋怨您："不小心，不注意，摔成个啥了？"娘，您都看见了，才几天没见面的爹，没有了往日的精神头，灰头土脸，胡子拉碴，衣服袖子上油渍渍、泛着光，看着爹恓惶的样子，您侧过脸，说他一句："看你自个儿不会照顾自个儿，才几天呢，不让人省心！”爹像个孩子一样低下头、不吭声。可我们都知道，爹是离不开娘的，您惯了他一辈子，衣来伸手，饭来张口。您和爹只要拌嘴，要是弟弟在跟前，总是拉偏架，向着您，弟弟说：“不管能不能干，爹，啥也不干，不管能不能干，娘，您啥都抢着干！”其实，哪是这样？是您心疼爹，心疼家里的老老少少。年轻时，驾辕拉车、施肥播种、缝缝补补，家里田里哪个地方能缺了您啊？临老了，也不闲着，侍候老的、拉把小的，哪一刻身子能闲下来？从我懂事以来，没见您睡过一个午觉，要是您在白天坐一会儿，定是累坏了，要不就是身子不舒服。

娘，您在我家住了四十天，就说什么也不在了。那天您说，看着我忙忙累累的，您帮不上忙，心里急，不能给我添麻烦啦。您吵着、闹着要回家。我知道，倔强的您是我拉不回来的。您走时，才刚刚能用手托着床边，慢慢挪动两三小步。

年前，我回家时，看您一手扶着腰，又里里外外忙个不停。看见我回来，还嫌我不提前打个招呼。娘，我知道，您是想让我在家、在您的注视下好好吃顿饭。但我知道，我提前几天打招呼，您就寻思几天，女儿回来的那天该吃点什么稀罕的家乡饭。快到家门口，喇叭一响，您必定笑盈盈就在大门口迎着我们一家。边走边说：“饿了吧，快进家吃饭！”

娘，如今女儿长大了，也有了自己的孩儿，知道当娘的心，只要见着自己的孩子能平安健康、幸福快乐，就会将自己低到微尘里、忘在琐碎中。

弟弟今儿跟我说，您做的饭不如先前精致了，菜丝粗了，有时候还稍稍带着泥。那天蒸了一锅已经泛着黄的馒头，尽管怕您难过，我们都吃得香甜。但娘，您知道吗？您真得老啦，是该享福的时候啦！以后，让我们好好孝敬您吧！建业给您买了一颗镶着红宝石的钻戒，想给您作为生日礼物，可我知道您的关节粗大、变形，市场上也许没有一款合适的圈口适合您。可我知道，即便这样，您也一定是高兴的。一个女婿半个儿，您没白疼他。

娘，那天您在电话里说："腰疼病快好利索啦！"其实，您从来就没把自己当一回病人。春天来了，又到播种的季节了，您还闲得住吗？

娘，您若安好，女儿即好！

望保重！

此致

敬礼！

女儿：俊青

2017年4月9日

笨姐姐

我有个姐姐，比我大好几岁。我上小学时，她已经快初中毕业了，可是却天生不开窍，每次考试很少有及格的时候。她不多说话，总是拿着作业本痴痴地盯着看。很多时候，总是母亲帮她的忙，一边做饭，一边为她打作文底稿，面对面给她讲好多次，她还是记不住。姐姐真傻、真笨，我常常不止一次这样想。

每当看到我，姐姐总是表现出少有的快乐，而我总是不说一句话地从她身边一闪而过，看到她失望的脸我却愈加得意。那时，我是全家人的骄傲，作文在全县获了奖，数学也代表联校参加比赛拿了名次。母亲走到哪，总有人夸奖我脑子好、聪明，母亲听了总是微笑着，像朵花一样，露出让人羡慕的神情。

姐姐却像只笨鸭子，慢慢地踱着脚赶路，即便有人在后面追赶，她也总是掉队、落在最后。终于有一天，姐姐的班主任对母亲说："你闺女在班上总是拖大家的后腿，我们脸上都无光，不如让你闺女在家里学点针线活，大了嫁出去就行了。"母亲说："那不行，她还小呢，不能当个睁眼瞎。"在母亲的再三请求下，老师终于同意姐姐再试一个学期。不久，姐姐的作业本上对勾多了，叉叉少了，母亲以为姐姐有进步了，惆怅的心终于放宽了些。可是，到了考试的时候，姐姐依旧得来的还是可怜的个位分数。班主任说，姐姐先前的作业全部是抄别人的，无可救药了。母亲叹口气说："毛毛呀，你真要一辈子刨'土坷拉'呀！"

姐姐拗着，说什么也不去学校了，她说自己真的不是念书的料。她把所有的书本打了捆放到屋后的羊圈里。姐姐是拿定主意再不踏进学校半步了。

十六岁的姐姐从此和母亲一样拿着锄头，早出晚归，成了彻彻底底的农民。

春天，姐姐一担一担将院角厕所的大粪挑到自留地，肩上的皮褪了一层又一层，可她从不吭声。有时星期天我从她身边捏着鼻子经过，姐姐抬起头憨憨对着我笑，可我却不想和她多说几句，总是说"我要回家写作业"。姐姐似乎做错了什么一样，摆摆手，歉意地说："你回，你回，别误了学习。"我一溜烟儿往家跑，心说姐姐真傻。

夏天，六月里，麦子收回来后，姐姐把所有的麦子晾在庭院里，在毒日头下，头上戴着草帽、肩上搭着汗巾，操起萝伽和母亲交替击打着丰收的快乐。夜晚，在月光下她还要和母亲在扇车上吹尽所有的谷麦里的秕糠。我不知道，那会儿她什么时候才能睡觉。

秋天，每天天不亮，姐姐就在二叔的厢房里帮二叔挑拣烤好的已经下架的烟叶。据说，姐姐挑拣过的烟叶等级把得很准，在烟草局从来没有像其他人家重新返工分等级的。有人说，愿出高价钱聘姐姐为他们给烤烟分级，可姐姐准说："不不不，我要替我二叔帮忙。"可是，谁都知道姐姐帮二叔干活，二叔从来不给姐姐一分钱啊！“毛毛真傻”！别人这么说她，我听了这件事后，也想：“姐姐真傻。”

冬天，是那么冷，我的手和脚全裂了口子，又红又痒，还往外渗黄水。星期天一回来，临睡前，姐姐总是从外边抱回成捆的辣椒苗，烧开了水，给我泡手、泡脚，用她的手搓着我的脚，洗干净了还要抱在怀里暖一暖。教室里轮到我值日时，姐姐像算准了一样，早早赶到学校，替我生起通红的火炉，打扫干净教室，在同学和老师到来之前，她才悄悄回家，那时天刚微微亮。春节前的一段日子是姐姐最为忙碌的时候，她夜夜在煤油灯下描花剪燕，四五十天下来，能剪几百对窗花。然后让人拿到校场去卖，小的五毛，大的一块，很是抢手。年底一合计，卖来的钱能顶爸爸三个月的工资。她用这些钱为我们扯新衣，缝新裤，每当在镜子前看我穿红着绿的样子，姐姐便在我身后微微笑着，竟有几分神似母亲，待我回头时，她又不好意思地走开了。

那几年，母亲明显比从前少操劳了许多，她不用担心早晨不去井台边提水而瓮底见天，她不用担心猪吃的麦槽因为她没去而空、少，她更不用担心哪天的午饭因为她晚烧而让全家人都饿着肚子眼巴巴地等着。因为有了姐姐，母亲终于不再像一台永动机一样日夜不休不眠了。大部分的家务活都由姐姐接手了，连母亲都夸她：“毛毛是学什么，像什么，干得又快又好。”

到了出嫁的年龄，姐姐为自己置办了当时最流行的嫁妆。出嫁那天，那件盘着套扣的大红龙凤锦缎棉袄穿在姐姐身上那么合体，那么妖娆，那顶白色的雪帽戴在姐姐头上，连我都看得痴了。我憨憨的姐姐，傻傻的姐姐原来竟然那么美，那么靓，只是我从来不曾注意过。

又快过年了，我忽然觉得没有姐姐在家的日子是那么让人失意、乏味。拜大年，接喜神的时候，母亲却把姐姐的红棉袄、白雪帽，给我拿了来，还说："你姐姐就穿了一下，回门后就脱下来了，说是颜色太红，又不合身，天那么冷，你又在外面上学，从小毛病就多，还是你穿吧，帽子你也戴了吧，她不待见白颜色。"

当我展开那件红缎子棉袄时，才发现被姐姐改过了，细而匀的针脚被她小心地缝在袖口、领子、大襟处，一如她弯弯的眼睛，那么亲，那么近。听得窗外噼噼啪啪的鞭炮声，一如姐姐出嫁时迎亲的礼炮声，穿着姐姐还带着体温的红嫁衣，戴着那顶姐姐看了又看的白雪帽，我感到从头到脚都是那么暖，那么热。

都挺好

尊敬的婆母大人：

您好！那年我们匆匆一别，便是天上人间。

如今，您的栖身之处，已是春来新绿如毡，秋末蓬草过膝。一年四季不乏打着响鞭的牧羊人经过，偶尔还有几只觅食的小羊撒着欢儿“咩咩咩”找寻着它们的母亲。多年来，我还是会想起您的音容笑貌，也会想起每次下班回来您端给我的那缸白开水，盛水的搪瓷茶缸我还在碗柜里放着，时时擦拭，倒也光亮如新。记得，腿脚不灵便的您，每日清晨都会拿着一块抹布，东擦擦、西抹抹，总是停不下来。邻居来串门，常常会说：“老嫂子，您家柜子能照见人影哩。”您却说：“媳妇儿勤快、爽利！”“哪有啊？”我顿时变成一个羞红脸的小人，恨不得找个地缝钻进去。邻居走后，您又对我说：“铁路上工作忙，这些碎营生娘能干，正好你能歇歇！”哦，这些话，生我养我的娘曾经说了一遍又一遍，不承想在您这里还能听得到，您这是和亲娘一样把我放在了心尖上的疼啊！十几年来，我们在一个屋檐下生活，粗茶淡饭也香甜，小院旧房也快乐。窄窄的窗台被您用油漆刷成了绿色，窗台上摆满了大小一样的花盆，盆里种满了各种颜色的仙客来，每开一朵您都像个孩子一样："呀，多好看呀，又开了一朵。"阳光照过来，空气中散溢着淡淡的清香。

今年清明，斜风细雨。我和您的小儿又来探望您，在您的小院，填几锹新土，焚几炷清香，坐下来再和您唠唠家常。此刻，您若有知请戴起老花镜，一定会看得见我手捧的鲜花，对了，鲜花里我特意放了您喜欢的仙客来；也请您戴起助听器，一定会听得见我掏心窝子的悄悄话。我们住的小院，早已开发成设施配套齐备的高级住宅小区，医院、学校、超市应有尽有。那时，您一直说想在有生之年去看看首都北京，看看让您过上好日子的毛主席他老人家，可是您年高体弱，坐车劳累，最快的城际列车从故乡出发到达北京也得十个小时，您怎么能折腾起呢？现在，城市高铁四通八达，进京列车更加快捷、方便。去北京就像您回姥姥家串了个门，时速最快可以达到每小时四百公里以上，四个小时您就会看到天安门，坐车一点也不遭罪，您可以躺着、也可以坐着，总之，不管哪个姿势您都是舒服的。那时，您总说让我们好好奋斗，以后到大城市发展，可您不知道，现在的我们越来越喜欢脚下的这座小城。背靠天涯山，面向滹沱河，春天柳色成荫，秋来霜叶似火，在路上走，也在画中游。是凡人，更胜神仙。黑天鹅成群结队不知从何而来，今年还在河面上逗留了好长时间，说不定以后这里会成为黑天鹅的故乡。小城的街道干净、整洁、宽阔，是全国的"卫生城市、宜居城市"。乡村里一年一个样，古村、古树、古楼、古迹、古石，还有我们地地道道的家乡饭引得外地游人流连忘返。还有人把我们这座小城比作“小香港”呢！偶尔去省城度个周末，一两天便要急急忙忙往家赶。毕竟，我们已经习惯了小城的水土。有时，去外地出差、旅游，我也会学着您在背包深处藏一包家乡的泥土，喝水时撮一点放入杯中，异地也便成了家乡，肠胃熨帖、心情愉悦。当年，爸爸生病，交通不便耽误了治疗，现在家家户户都有了私家车，一踩油门，说走就走，医生也可以远程诊病，及时、准确。您的小孙子，如今也从顽童稚子，变成了翩翩公子。他已经大学毕业，即将攻读硕士学位。您一定不知道他的小哥哥和小姐姐们都留学到了国外，您要是知道了这个消息，一定会高兴得想哭。我们的二哥哥当年不就是因为交不起学费，本来可以念大学，后来念了中专吗？现在的孩子们只要肯努力、懂上进，跃马扬鞭，前程锦绣。普通老百姓的孩子都能中“状元”、着“红袍”，家家户户都能出贵子。

婆母大人，从前我们习惯了在您的羽翼下生活。天寒，您嘱我们加衣；夜暗，您替我们早早掌灯。您常说，您老了，拖累了我们，其实，是我们更需要您。只要您在，我们就是有娘的孩子，有人疼、有人念、有人想，我们就有家！您记得我们的口味，记得我们的嗜好，记得我们的一切。到后来，您不认识了我们谁是谁，可还在念叨着我们的名字，您喊到谁，谁就过去抱抱您，我们都是您的孩子啊！您的缺席，让每一个节日都变得索然无味。

婆母大人，自您别后，十三个春秋已过。您的照片就在我们的房中，眉慈目善、呼而欲出，一如过去对我们的日夜看护。您的小儿还记得您的昔日教导：多吃饭、少喝酒、早早回家。我也记得您的苦心劝诫：

待人要诚恳，对人要舍得，舍得舍得，有舍有得。

那天，翻出了您的一件旧大衣，好好的还在衣架上挂着。我还试了试，有些大，也许到了您那个年纪就合体了吧！人说媳妇随婆，我和您有几份像，几份不像呢？谁知道呢！

婆母大人，今逢盛世，国泰民安。我们都挺好！以后会更好！勿念！

愿我们凭风相逢、有梦相拥。

儿媳：青儿

跪安

2023 年 5 月 8 日

娘这一辈子

娘十八岁时，中师未毕业便辍学照顾多病的母亲和年幼的弟妹。

娘的日子充满了艰辛和劳累。家里老老小小十几口人的吃穿，全靠娘的一双手没日没夜地操持。但娘从不怨天尤人，也不喊苦喊累。

娘有娘的活法。除了守着一家人的安好，夜深人静时，那些从学校里带回来的书本，不知在她的脑海里从头到尾一页一页翻过了多少次。娘的心里也不知种下了多少美好的种子，期盼在每一个花好月圆之夜，开花结果。

二十二岁，城里的娘嫁给根在村里的爹，只因为爹是个大学生。文化高，比她多喝了几年洋墨水，多读了几本书。娘不嫌爹家底薄，也不嫌他少言寡语，性格木讷。

婚后，娘和爹就过起了牛郎织女般的两地生活。娘重新拿起了笔，一个月里给爹写好几封信，信里都是些鸡零狗碎、葱绿花红的小事儿，爹却能知道故乡那一方小院里岁岁祥和，日日温馨，身在他乡心安稳，梦也甜。

背灯惜影，孤寂许心。那年爹给娘邮来了一本《第二次握手》，打开书，有铅墨的味道，也有爹千里风尘温情绻缱的味道。在猪吃的木槽旁，在炉火彤彤的灶火旁，在婆媳之间忙于三餐的油锅、案板旁，在偷闲的余暇，静夜的无眠中，娘的目光一次次掠过每一个字，每一行语句，每一段章节，主人公的喜怒哀乐让娘心如潮水，浪花涌动，久久不能平静。苏冠兰和丁洁琼曲折离奇的爱情故事让娘无数次潸然泪下。分离和等待、相守和团圆，在她看来又有了新的含义。夫妻两地生活也变得不再那么苦涩、煎熬，娘也更深刻地理解了爹的选择和付出，不是无奈的离别，而是孜孜不倦的求索。祖国的繁荣富强离不开像苏冠兰和丁洁琼那样的参天大树，也离不开像爹一样默默无闻、不为人知的小草，他们同样为四季添彩，为人间增色。

小时候，因为爹常年在外，他只在过年时才回家小住几天。我们跟爹除了血脉相连的伦理亲情之外，少有亲近。有时，爹想抱抱我，我也总是一闪而逃，爹是那样的手足无措，娘却总安慰爹说："没事儿，孩儿大了就懂事了，他们都会知道自个儿大人的不容易，也会知道咱国家的不容易，长大了让他们看看那丁洁琼。"听得多了，我还以为丁洁琼和苏冠华是我们家什么亲戚，抑或就是我们身边最熟悉的人。

也不知什么时候，娘讲给我的枕边故事里有了丁洁琼、苏冠兰、叶玉菡的名字，我听得入迷，一次次缠着她不停地问："后来怎么样了啊？"我总是盼望着那些经历痛苦折磨的人能"守得云开见日月"，总希望故事里的主人公能人长久、共婵娟。但娘总说只要心灵相通，千山万水也隔不断梦里向家飞翔的翅膀。

记忆中，娘推荐我读的第一部完整的小说也是《第二次握手》，

杏林漫步　王晋东摄

我遗传了娘的多愁善感，一颗少女的心也被故事中的男女主人公深深打动。掩卷沉思，原来人世间除了神圣的爱情之外，还有由此被赋予的善良、容忍、无私和奉献的品质，更值得世人钦佩和赞美。

爹临近退休的前一年才和娘结束了聚少离多的日子。爹依了娘离开城里，将一生奔波的脚步停留在娘的身边。在乡下等了爹快四十年的娘终于等来了爹寸步不离的陪伴。

屋檐下挂满了一溜的鸟笼，一只只百灵鸟在每一个清晨便竞相亮开歌喉，爹打着长哨，白云悠悠，娘侧耳听着，微微笑着。

偶尔到城里，他们一前一后地走着，但每当到了十字路口，爹总要耐心地站在那里等着娘的小碎步。走近了，再十指相扣紧紧握着娘的手小心翼翼地到马路对面，而娘像个羞涩的新娘再慢慢松开，爹又嘿嘿一笑，悄悄说一声："怕啥？"再一看，娘的小碎步已落开他好长一段路，于是，他又匆匆跟了上去，人老了，爹成了娘身边的影子。

今年，儿子考上了大学。娘和爹都高兴地说要让他日后当个科学家。开学时，老两口一定要亲自送他们的大孙子到学校。在校门口，八十岁的爹和七十六岁的娘紧紧握着手，笑容满面留下一张合影，他们的满头白发被秋天的阳光镀上了一层银辉，灵动而美丽。.

我忽然记起家中的相框里娘和爹的结婚纪念照，他们彼此深情凝视，执手相握。算而今，已整整走过了五十四个年头。

爹一再嘱咐我把他和娘在儿子大学校门前的照片冲洗，放大。

娘和爹相隔数年的两张合影都被我放大装框挂在客厅的正壁，一左一右，一张黑白，一张彩色。两次握手，第一次他们握住一瞬，便握紧一生。第二次他们握住一生后，人世间的每一个瞬间都值得深望回望，两情相许，无需告白。

昨日，我也向儿子郑重推荐了《第二次握手》这本书。想着他看书的样子也便想起了当年的自己，此景经年，任谁人来忆，朝朝暮暮点点滴滴依旧令人铭心刻骨。

近邻如亲

我生在农村、长在农村，平日眼道里见着的除了至亲骨肉，便是左邻右舍。吃饭时，大家各自端个海碗，总是要聚在一起，要么是大门道里，要么就在攘来熙往、穿村而过的大街上。总之只要是一块空地，他们总是要凑在一起的，聊些自个儿肚里揣着的奇闻逸事，权当粗茶淡饭的佐料。夏日，临睡前，男人们还要进行一次小会谈，每人嘴里叼着二尺来长的大烟袋，烟锅里的火星子始终不灭，一闪一闪，和夜里的星星一样，不知藏着多少秘密。女人们天生的敏感，瞄一眼，看看那火星子，就知道自家男人在那人堆里蹲在什么位置，眼睛实在是酸涩得不行，忍不住喊一嗓子“二愣子”“三秃头”……听见呐喊自己的男人，忙不迭地再狠狠猛吸两三口，屏住气把烟丝天然醇香的味道索性咽到肚里，再把烟锅子在鞋帮子上狠狠磕几下，伴着身后暧昧的讪笑声，猴急猴急往家跑。窗帘早被严严实实地遮起来，如洗的月光给那一间间幸福的小屋披上了一层银辉。几只蛐蛐不甘寂寞，用它们清亮的嗓子时不时打破夜的宁静。冬天，天冷了，聚会的地点改在热乎乎的炕头。早饭过后，主人便给炉火加了柴炭，那些邻里们不约自到，除了带来了浓浓的情谊，偶尔兜兜里还会揣着一块儿点心、两把瓜子，点心是给笑眯眯的老人尝尝的，一颗一颗剥开的瓜子仁送在炕角边用红裤带拴着的小孩嘴里，老人是大家的，孩子是大家的，笑声和快乐也是大家的。

那时，分来的自留地大都是挨着的。你家种豆，他家种麦。你锄你的豆，他收他的麦，各家是各家的，你就是十天半月不来，豆苗葱茏，麦苗整齐，定不会缺了一苗一粟。反倒是割麦子时，每家每户的麦田里绝对少不了近邻熟户。不管再热的天，流再多的汗，每个人脸上都是疲累中带着笑意，令你分不清这一亩麦田究竟谁是主人，谁是友邻。

等到豆子、玉米和高粱熟透时，还是男女老少齐上阵。特别是在秋天的玉米地里，总会看到这样的场景：各自的自留地每天都有像天兵下界的壮劳力，他们甩开膀子，鼻尖和额头淌着汗水，低下头只管像收割机一样收割着豆粒、米谷和高粱。临近中午，白发苍苍的老人和露着门牙的孩子则在家里备好干粮急匆匆赶过来，老远就喊：“饭来了，饭来了……”话音未落，一双双粗糙的手、长茧的手，男人的手、女人的手，但都是带着土腥味的手，伸长了从笸箩里拿着还冒着热气的馒头，迫不及待地就往嘴里塞。你看，那个黝黑粗壮的张老蛋一边鼓起腮帮往下咽还未来得及嚼碎的馒头，一边用右手左右来回快速扇着从嘴里哈出来的热气，冷不丁瞥眼一看，自家女人正狠狠盯着自己，他分明听到她从嘴里迸出三个字“爬场货”，小钢针一样把他那点儿骄傲的自尊扎了个透，他不由自主放慢了咀嚼的速度。倒是身边的邻居一个个还往他手里塞着馒头，嘴里念叨着：“老蛋，快吃！一身的牛力，全靠饭顶着。”饭后，田里横七竖八躺满了装满玉米棒子的麻袋，都被四蛋一个人一路小跑到了地头的马车上。装满车后自有人甩开长鞭，吆喝着驾辕的骡马，送到了早已敞开街门笑呵呵等待着的主人院里。后来，村里有了机械化设备，小平车换成拖拉机、农用三轮车，机械化播种、机械化收割也已普及，但一家有活，众人来帮的习惯从未改变。有的设备本来就是几家人合买的，几家的活都干完自家才算也消停、利落了。要不，眼瞅着还是心不静，少不得又要搭把手。

在我的记忆中，家中所有的大小事，从未缺少过邻居的身影。

七十年代末的一个夏天，我们兄妹三个突然先后都患了痢疾。个个发着高烧，东一个、西一个蜷缩在炕角，捂着肚子，不停呻吟。母亲急得在地上转圈圈，想尽了办法，蒸蒜吃了、炒面也吃了，就连平时金贵金贵的小檗碱也用上了，可是病情还不见好。小弟弟似乎还要重些，小脸通红，母亲在他的额头不停凉敷着一块白毛巾，体温却没有降下来。临到午夜，弟弟因高烧抽作一团，母亲惊叫：“我的娃，我的娃……”听到母亲的哭喊声，院里所有屋子的灯都亮了，过一会儿，屋里站满了人，当着队长的旺叔说：“快送医院，快送医院。”母亲说：“这黑摸夜半的，咋去？再说了，家里就有几块钱，也不够啊！”母亲抽泣着。旺叔对母亲和站了满地的邻居们说：“快给娃穿衣服，各家都拿钱去！”就这样，母亲带着左邻右舍筹集来的五十元钱，坐在旺叔的自行车上将弟弟送到医院，留在家里的姐姐和我便由奶奶和大家看护着直至痊愈。

长大后，在外地上学的我，每到星期天总要回一次家。进村总会

收割　王晋东摄

遇到旧日邻居，不管是谁总会热情地邀请我进家坐坐。刚坐下，各样小零食就会成堆成堆放在我的眼前，几把瓜子、几捧红枣、几块带着太阳味的薯干，我要是推让，她们肯定是执拗地往我嘴里塞，看着我摇头晃脑的吃相，她们总会高兴地笑着。要是大暑天，住在村头的一位本家奶奶，就会在半路上手拉手把我领到她家，端到我面前的是一碗透着清香味的清凉可口的小米汤，喝过汤，我才会哼着小曲不紧不慢往家走。回家晚了，母亲总是会叨一句："又串门了？"即便如此，母亲却总是放心的，到了谁家不是家呢？

住进城里，一对老夫妻做了我们的邻居。他们的宁武方言讲得极快，我听不懂，也少有往来。刚开始，每当我用钥匙开门时，老婆婆总会探出头来，警惕地看个究竟，见没有什么情况，又飞快地闭门而入。过段时间，她开始小心翼翼地和我打招呼，日子久了，我还能从她的脸上看到慈爱的笑容。有一日，早上十来点，她随口问我一句："丫头吃饭没？"我摇摇头，老婆婆变戏法一样从衣兜里掏出两个热乎乎的鸡蛋，不由分说硬是塞到我的手里，一个劲地说："吃吧，吃吧，这么大个人不吃饭怎行呢？"后来，只要我在家，老婆婆总会塞给我两个热乎乎的鸡蛋，做了十几年邻居，我到底吃了人家多少鸡蛋，恐怕自己也数不清。日子久了，老两口不再把我当外人，就连他们偶尔拌起嘴来，也要让我当个裁判，一对儿"老小孩"，偏谁向谁都不行，不过一提他们的宝贝闺女，无论多么激烈的战斗，都会偃旗息鼓。几年下来，他们成了我生活中最熟悉的人，我也成了他们最信赖的人。偶尔，我离开几天，刚回家，老两口便急忙推门进来，异口同声问一句："去哪来？这长时间不回家……"眼神中透出来的是满满的关爱和思念。

我长大了，到了出嫁的年龄。他们老了，老得不能再亲自给我煮一回鸡蛋。

离开家还不到两年。骤然听说老婆婆已然离世的消息。我急匆匆从外地赶回来，想送她最后一程。临了，却只看到红漆柜子上的一张放大的黑白照片，音容宛在，往事历历。老爷爷同我一样长时间站在那张照片前，叹口气，只对我说一句："丫头，爷爷以后连个吵架的人都没啦！”我叫一声“爷爷”，禁不住泪如雨注。

后来，我偶尔也去看看老爷爷。每一次，他都会非常兴奋，身子早已不利索了，但总要拄着拐棍挪着步子迎我进门，临走又会照样拄着拐棍送我出门。我回头，还能看到他瘦弱、佝偻的身子倚在门框边，右手向我挥舞着不肯放下……

再后来，听说老爷爷忘记了许多人和事，但他常常念叨的名字里其中一个就是我。而且，还会想着将煮鸡蛋热乎乎揣在怀里，别人要，他不给，要急了，他会说：“不行，这是给隔壁闺女的，要不会饿坏的。”

我常在路边见到一位位鹤发童颜的老人，总是禁不住想起我那两位慈爱的老邻居。尽管过去许多年，但他们却像阳光里晒久的棉絮，愈是寒冷的季节，愈是温暖人心，愈是让人不能忘记，那些蹒跚走路的老人，也总是让我真诚地将“爷爷和奶奶”这两个慈爱的称谓奉献给他们，恍惚间又看到梦里久违的笑容。

婚后，我有了新居，楼上又有了陌生的邻居。首次偶遇，相互笑笑。再次相遇，在窄逼的楼道里，为谁先上，为谁先下，相互谦让着，还是笑笑。第三次相遇，终于知道了女主人是一位医生。

有一次，婆婆半夜发病，舌头僵硬、口眼歪斜，依照多年的经验，必是脑血管出了问题，顾不了那么多，急匆匆就到楼上擂开了邻居的门。我刚说了半句：“婆婆病了……”她早已披了衣衫，趿拉着拖鞋，打着哈欠随我下了楼，一看婆婆的症状，来不及多说什么，帮着就跟到了医院。做了 CT（计算机断层扫描）、心电图，量了血压，她陪我们在婆婆的身边一直守到天亮。上午交接班后，一夜未合眼的她稍有空闲，就会过来看看躺在床上的婆婆，还替她拢拢头发，掖掖被子。迷迷糊糊的婆婆好几次抓着她的手，喊着远在他乡的姐姐的名字，这女儿一般的温存，总是让婆婆能静静地安然入睡。

婆婆病情稳定回了家，家里自此便有了一位医生常客。隔天就会敲门进来，问一声："老人家身体可好？"几次三番，熟了，惯了。赶上她外出学习、进修，几天不见，婆婆总会冷不丁含糊不清问几回："那夏大夫怎不见了？"常年生病，好多字音婆婆发不准，总是将"贾"喊成"夏"，她将错就错地叫，人家也就那样将错就错地应着。你要是告诉她："人家开会去了，刚走几天，过几天就回来。"婆婆却像孩子一样跌坐在沙发上独自喃喃："骗人了，都走好几个月了，快请回来。"窗台边婆婆站在那里望眼欲穿，盼着邻居熟悉的身影远远向她走来。要是真的出现了，婆婆慌慌地摆着手，慌慌地去开门，然后，紧紧攥着人家的手就往身边拉，她说的那些含糊不清的话，贾大夫似乎能听得懂，点头如捣蒜般应着，婆婆心花怒放，找着了知己一般，饭比平日吃得多，觉比平日也睡得香。遇上家里有点稀罕的小吃，婆婆像孩子一般先占着一份，巴巴地等着贾大夫回家，亲手递到她手里。

几年后，婆婆得了重病。其间，大家都说多亏有个当大夫的邻居，才使婆婆少受了许多罪。在生命的最后日子里，她偶有不适，邻居知道后，总是立即对症治疗，让婆婆身体舒展，神态安详，尊严尚存。

婆婆永别人间，邻居也和我们诸多儿女一样亲自为她净身、穿衣，婆婆最贴身的夹袄就是邻居和我给穿上身的，我想，老人家要是泉下有知，一定不知道向她的"夏大夫"道多少"谢"呢！

婆婆走后的当天晚上，又是这个忙前忙后的邻居熬了一整夜，为我们全家缝好白孝衣、做好白孝鞋，做完这些事，见她长出了一口气，咗起嘴唇不停吸溜着被缝衣针扎破的手指。

从家里到婆婆的坟地，五十多公里的路上，我精疲力竭地披着邻居的大衣，倚在她瘦弱的肩上。她紧紧握着我的手，严冬的寒冷被慢慢融化，悲伤不能止步，却不再那么强烈地撕扯人心。

从坟地返家，冷静和理智依旧沉没于一片悲楚的汪洋，每个人都没有想象的坚强，睹物思人，相顾无言，坐立难安，度秒如年。所幸，傍晚，邻居腾出自家床铺，“噔噔噔”敲门，喊我们上楼，暂离伤心之地，夜深留宿，叨扰至此，至亲家人也不过如此吧！

儿子上中学后，我和爱人义无反顾成了“陪读”一族。在学校附近匆匆找了一个栖身之所，除了照顾儿子的起居饮食，我将自己“锁”在了这小小的斗室之中，就像一只不肯探出头来看世界的小龟。常常想着，江湖凶险，人心难测。在异乡，我们仨彼此相依。

那年冬天，恰逢大雪纷纷，已近黄昏。算算儿子早已回家，却还饿着肚子。我和爱人不敢走得太快，只好给儿子打电话，让他忍忍。电话打过去，儿子却说，吃饱了，还吩咐我们路上小心点。想问个清楚，儿子却说，回来再说。

当我和爱人蜗牛一样“挪”回家时，却见桌上一盆汤依旧冒着热气，盘中摞着焦黄酥脆的烧饼。儿子说，是楼下阿姨送来的，让他早点吃，还让他告诉我们路上小心点，雪天路滑。

原来如此。

记起那天在电梯口，我们仨看见扛着大包、小包的她腾不出手来，进不了电梯，就顺带帮了一下忙。电梯上升时，才知道她住在我们楼下，儿子还古道热肠地主动帮人家把东西搬到了家里。

大概相识的缘分就从此开始吧。

喝着热汤、吃着烧饼，爱人说，原来啥地方也有好人啊！

清明时节，大清早楼下邻居给家门贴了两只“吉祥鸡”，敲门探进头来，告诉我们入乡随俗，说是这样可以驱灾辟邪。端午节时，门头上又多了几枝散发着浓郁香气的艾草，楼下的邻居敲门进来告诉我说：“图个吉利，你们会人见人爱。”边说边放下一盆热气腾腾的粽子。从此，中秋的月饼，过年的馍，我们尝遍了楼下邻居的手艺，也让身在异乡的我们感到了别样的温暖。

每个寒暑假，每当我们卷起行李，准备回老家的时候，楼下的邻居准会匆匆过来送一程，挽着我的手，一句又一句地问：“假期中就不回来一下吗？惯啦，你们走了，挺想的。”家里满屋子的花草在假期中又是由邻居代为打理着。

开学了，我们推门进来，满屋新绿，每一盆花草都被修剪得整整齐齐，叶片也更加肥嫩翠绿。

正收拾行李，便有人敲门，门一开便是邻居友善快乐的笑脸：“回来啦？饿了吧？”话音未落，一盆冒着热气的面条已被端上了桌子。大概怕我不好意思，她还自顾自说着：“我也没啥事，估摸着要开学了，趴在阳台上，看到你们全家回来，正赶上面条做多了，也省得你们一进门还得麻烦开火，热乎乎吃上一口，好好休息！”

她带上门，轻轻出去。我盛着饭，老公端起碗，说：“这样的好得记一辈子。”

不管走到哪里，家里总有人来，儿子说：“妈妈，咱家亲戚真多！”是啊，这来来往往的人里，有多少骨肉至亲？有多少亲朋近邻？但他们以同一种热情的方式，融化着我些许冷漠，让我始终坚守心底的善念，不论何时何地，准能催生快乐、幸福的花朵。

近邻如亲，近邻是亲。当我老了，当我听到熟悉的声音、看见熟悉的脚步迈向我的卧室时，哪怕是在梦里，我也一定会笑出眼泪，因为那其中一定有人曾经是我的老邻居，她们同样是我亲亲的人，我日思夜想的人。

我爹我娘

二十世纪六十年代，爹和娘的婚姻在当时简直是有些阴差阳错的样子。爹是我们村周围十里八乡第一个大学生，娘是地主的女儿。经过了社会主义改造后，地主家里已相当贫穷，娘后来说起，她十八岁那一年，家里吃苦菜的水都染绿了院子。

娘二十岁的时候嫁给了爹。爹是被祖奶奶骗回来的，她捎信说，自己重病将不久于人世，想见长孙最后一面。爹心急火燎赶了三天三夜跑回家，才知是一场骗局。祖奶奶给爹一张娘的照片，说："明日娶媳妇，孙子！"爹第二天推了前院一位本家叔叔的车子，到城里娶回了娘。娘夹了两个轻飘飘的包袱随爹嫁了过来。结婚时，头一天晚上炕上还有两床被子，第二天就变成了一床，紧接着没有了红蜡烛，没有了洋油灯，直到没有了红门帘……奶奶告诉娘，所有的东西都是借来的。娘和别人一样不知道爹是不是真的接受了这桩婚姻，一个十里八乡都稀罕精贵的大学生凭啥要娶一个地主的女儿？要么是受骗，要么是脑袋转不过弯儿，娘对自己的猜测总有充分的理由，并且后来都成了攻击爹的"子弹"。这种战争一直持续到他们老年。我问娘："如

幸福小院　王晋东摄

果是受骗，爹为什么不逃？”娘说：“他傻呗。”我说：“那你觉得他图你啥？”她说：“谁知道呢？”“那你俩谁骗谁？”“当然是他骗我了。是个大学生啥也不会，离开我一天，他连个热饭都吃不上。”

娘说得一点也不错，在我的记忆中，只要娘在跟前，爹没有洗过自己的一件衣服，哪怕是一块手绢；没有做过一顿饭，哪怕是一碗简单的泡饭。偶尔，夜晚爹要睡觉了，如果娘还没有铺好被褥，爹就宁肯穿着衣服囫囵蜷曲一晚上，这倒不是因为他自己不会铺被子，而是因为有娘，爹的脑子压根就不想干这些活。如今，单从表面看，许多人觉得爹是高攀了母亲，他木讷而忠厚的形象在干净利落的母亲面前显得总是那么别别扭扭。即便拌嘴的功夫爹也不敌娘，说上两三句，爹就会理屈词穷，实在下不了台，爹就发一通脾气，娘也总会给他个台阶下，偃旗息鼓。娘说："争不出个长短，要是把他气出个好歹来，图啥？"

爹退休后，在乡下的院子里养了五十多箱蜜蜂，一年四季都乱哄哄的，有时还会狠命叮人几口，我们从来都不愿插手也不敢插手。倒是娘先做徒弟 ，后做帮手。后来，取而代之，互换位置。三伏天，娘穿上厚厚的衣服，戴上网眼帽子，弓着腰，仔细检查蜂巢，头上飞满了蜜蜂。这时，爹会点燃一支烟，坐在大门墩上眯着眼盯着娘的一举一动。娘有时会不好意思轻轻骂爹一声："神经病。"爹就叹口气说："我越来越看你像老太太了，头发都快全白了。"可不是，娘嫁过来已经有五十个年头了，姐姐都有外孙了。遇到蜂王带着蜂军蜂将全体出逃时，爹和娘相跟着村前村后、房前屋后总要找个遍，遇到群蜂上树、上房暂时落脚了，娘总要叮嘱爹："不准上去。"她自已搭个梯子，架着树杈，举着挂着蜂巢的棍子一待就好长时间，直到将出逃的军兵们全部捉拿归巢。在母亲上树、上房的时间里，爹一句话也不说，只是很小心地传递着母亲抓来的"俘虏"。娘从高处下来，爹会过去拉一把。

那年娘走夜路不小心摔了跤，她不让我们任何一个儿女知道，只告诉我们说："娘最近很忙，你们不要回家添乱！"我们就这样被她蒙蔽多日。倒是爹就此离开了心爱的工作岗位，陪着娘度过了那段疼痛难忍的日子。爹不会做饭，老两口顿顿喝稀饭；爹不会洗衣，娘就让他搬来了小凳子放到炕上靠着他，自己洗两个人的衣服。后来娘好了，爹却说什么也不去上班了，娘走到哪他就像个影子跟到哪。

爹爱鸟，向来爱干净的娘为他养了两只百灵鸟，就挂在屋子里。

我的老父亲

父亲退休已有十年了，在乡下，他大多是沉默的，眯着双眼，卷一锅老旱烟，吐着烟圈，在春天里坐在长满青草的田埂上，看着落日晚霞。在他的身上，你丝毫看不出这是六十年代，我们镇上唯一的跳出农门，正经八百的大学生。父亲常常沉默着，为着漫漫人生路的跌宕起伏；父亲常常沉默着，在他的生活圈子里，少了多少推心置腹的交流。儿时的同路人，如今彼此间的问候，便是碰面时朝对方浅浅的一笑。父亲是孤独的，唯有从旧报纸里捕捉到有关铁路系统的信息时，才见他表现出少有的兴奋和执着，常常要打个电话探问个究竟。

我工作后，平时很少回家。逢年过节，携夫带儿，少不得要回家看看。往往是在前一天，父母便少不得要打来电话，探听消息，我如果说："忙哩，回不去。"彼时，电话的那头往往会有短暂的沉默，然后，母亲立刻便会说："那你忙，你的事要紧。"偶尔会听到父亲在电话边沉重的喘息声，低低问母亲一句："你问问能回来一会儿不？"听得母亲说："能回来肯定回来，咱一问，他们保不准放下啥重要的事也要往回赶。"父亲便不再言语，轻轻地叹一口气。如果我说："明天要回去。”同样的在电话旁边依旧能听到父亲对母亲耳语：“你问问啥时回来？”我胡乱地编造一个归乡的时间，第二天，不论早晚，进了村便会看到父亲引颈远望的身影，我的车在他的身边停下时，尘土扑面，父亲像孩子一样，敲着车窗玻璃，趴在车前，纵横沟壑的脸上潜着深深的笑意。我说：“爹上车吧！”父亲摆摆手道：“你们走吧，我是随便碰上你们的。”我下车和父亲同行，如儿时一样父亲喜欢牵着我的手，家长里短问个不停。

到了家，母亲说：“你爹是个蔫心眼，总说阳明堡的碗托出名、好吃，也不知道你的口味变了没？反正天一亮，人就出去了，好像晚了怕没卖的一样！”父亲在一边竟有些害羞似的说：“尽听你妈瞎说。”还一个劲催促我们，快吃，快吃；又说，少吃，少吃，吃多了不好消化。此时，父亲的手长久地停留在儿子的头上，满是慈爱地摩挲着。儿子说：“姥爷，你要是住在我家隔壁就好啦！”父亲对儿子说：“住在你家隔壁你妈就该累坏啦！”

母亲曾经悄悄告诉过我：儿女中，父亲始终认为我和他是最贴心的，因为我们都是铁路人，有着许多共同的话题。

退休后，父亲的心始终没离开过铁路，尽管学校早已从铁路系统分离出来，但他仍然固执地认为自己就是一个老铁路，和同年仿岁的老兄弟们说起来，也是一口一个“喃们铁路上……喃们铁路人……”。其实，我很惭愧，对于铁路行业的诸多变革，我很少与他谈起，总觉得父亲早已退下来了，更何况住在乡下、农村，铁路如何改革，如何发展，对他一个古稀老人会产生怎样的影响呢？

偶尔，父亲来城一两天，趁着中午吃饭的时候，话题转来转去总会又转到“铁路”上，他会把自己的许多新发现一一说给我听：“听说从太原坐动车到石家庄只有两个多小时，真的假的？”“那还有假！从北京到天津才半小时！”父亲慨叹：“就是快呀！那往后坐动车的总比坐飞机的多，铁路的发展还真是快，将来经济效益肯定最好。父亲又说：我的工资都拿到两千啦，够花啦！我笑他容易满足，父亲说：你知道啥？一九六一年我大学毕业就挣四十二点五元钱。如今解决了你的工作问题，还给我这么多钱，能说铁路不好、共产党不好吗？没人对着我说，哼，要是有人说我就不依。看他自己跟自己叫着劲，我笑一笑，父亲抬头看看表，快到点啦，快上班去，好好干！

打我记事起，每个星期天晚上就会迎来父亲匆匆归家的身影。遇到雨雪漫天，他还要背着少不更事的弟弟，脖子上吊一个黄色的挎包，包里像个聚宝盆总会装着许多好东西，诸如：一沓黄烧饼，两三个松花蛋，一瓶正痛片，甚至两三张反面能写字的薄纸。母亲将它们分配开，黄烧饼给奶奶半沓，松花蛋留下一个，正痛片肯定是爷爷的。父亲从母亲手里接过这些杂七杂八的东西，哼着歌走进奶奶的小屋。星期天的上午是非常忙碌的，父亲常常要替爷爷刮胡子剃光头，那时我一直怀疑爷爷是故意留着胡子让父亲刮的，因为每次剃光了脑袋，爷爷总会自己摸一摸，嘿嘿笑几声。下午四点多，父亲去跟奶奶爷爷告别：快到点啦，走呀！父亲工作多年，从来没有缺过一天勤。

父亲常常跟我谈起他的工作经历，有滋有味地咂摸着嘴唇，像嚼一道百吃不厌的家乡小菜。父亲属于那种老实厚道、勤勤恳恳干工作的人，大学毕业后他被分配到呼和浩特局任包头中学的数学老师，后来又当过桥梁助理技术员、材料员。一九六三年又成了养路工，挂职锻炼，在那一年，父亲和母亲结婚。然后他们分别两年，之后父亲到呼铁浩特分局萨拉齐铁路中学任数学老师。

听父亲讲，那时从包头开车，第一个小站为白彦花镇，区间只有十二公里，其他每个区间为二十八到三十公里，直到石嘴山。三盛公—乌达（又叫三道坎）那时称为三三段，在这两百多公里的区间内，渺无人烟，少有树木，只有一眼望不到头的细沙和稀稀疏疏的沙蓬草，两座黄河大铁桥横跨其间，让人更觉落寞。

那时，整个三三段都没有蔬菜，每个星期天只有坐火车到临河或银川买菜，有时一走一整天。不出去买菜的，只好在工区睡觉。两个工区间最近的直线距离也要十几公里，来回则需要二十几公里地，中间有黄河阻隔，火车不便，没有汽车，那时，人最容易拥有的便是烦躁和寂寞。

这样的日子一直持续到七十年代中期，父亲因工伤回到山西，在原平铁路子弟中学重新当了老师，并且有了我和弟弟。

一九八四年，根据国家政策，我们全家的户口从农村迁到城市，父亲的工资已实现了一个大跨越，从四十二点五元一直逼近九十元大关。

家里添置了一台十四英寸的黑白电视机、一台缝纫机和二十六寸重自行车，粮食已有盈余，逢年过节还能吃上香喷喷的猪羊肉。

九十年代，我上了高中，和父亲弟弟同在一个学校，三个人在食堂吃饭，早饭永远都是馒头、稀饭，午饭也不丰盛，大多是水煮白菜，但是很便宜，一个人一天一元钱的伙食足够了。那时记得母亲经常说：你爹从学校挣了多少工资，又一分不落全交给了学校。

父亲退休前，从教师岗位退下来，专管后勤。那时，我生病休养，母亲不放心，便经常过来探望，来时必备着几天的干粮。有一次，已经快过年了，父亲忙，母亲给我熬中药，有一味药引子是黑木耳，母亲在大街上找了一下午也没有找到，便对父亲说："你那库房不是刚买了一批木耳吗？算我借你的，就几朵！"父亲冷冰着脸："那是食堂的，你家的吗？"母亲搂着我哭了，她说："他守个那么大的学生食堂，我要来就得从家背馒头，还怕别人笑话他没本事，说我自己爱吃家里的，这也罢啦，借他点药引子比割他的肉还疼？"晚上父亲回来从口袋里掏出木耳，母亲问："哪来的？"父亲说："找了一下午，后来从一个街角旮旯的药铺找来的，你们不要添乱，注意影响，我是个共产党员，懂吗？"

在父亲的眼里，世上最美的衣服就是那一身标准的藏蓝色铁路制服，父亲说：只要穿上它，再邋遢的人也要精神三分。一年四季，在他的身上从来没有穿过其他颜色的衣服。

父亲从未对我提过任何物质和精神上的要求，但他却不止一次提醒我：该写个入党申请书了，让党考验考验。我想，父亲的期望也正是我的向往和追求，将来肯定会有那么一天，我的胸前挂一枚亮闪闪、红彤彤的"共产党员"胸章，向父亲报喜，和他同乐，而父亲回应我的一定是一个最深沉甜美的微笑。

书香随风

我不知道，人生若有轮回，我那大字不识一个、已去世二十载的老奶奶，是不是成了一个腹有诗书、胸怀锦绣的从深宅大院走出来的温婉才女。也或许，是这样的吧。此刻，她正捧着一本诗集，微微浅笑着，在盛开着紫色花朵的丁香树下细细品读。一只蝴蝶翩翩飞舞，落在她的鬓角，春天便永久地停留在她喜悦的心里。

我常常盯着八仙桌上奶奶那一张五寸见方的已经发黄的老照片，看着，看着，她那一双慧眼里便似乎汪着一层朦胧的水雾。

我还记得小时候，如果我不小心弄坏了一张字纸，被奶奶发现了，她必是迈着小脚颤巍巍地冲过来，一面喊着阿弥陀佛，别弄坏了，一面用手将纸放在方桌上轻轻抚摸，待到完全平整后，她定会小心搁在头顶片刻，似乎是给那受了惊吓的“字纸”道歉，抑或是压惊。书和字在奶奶的心里如此神圣，也如圣水一般浇灌着我的漫漫人生。

奶奶生于代州城里的名门望族，耕读乃治家之道。她的兄长们个个熟读经史子集，痴迷翰墨书香。但因为奶奶是女孩儿，如果读了书，岂不是凤生双翼，逃离那雕梁画栋做的樊笼？在这样的家庭里，她注定只会是一只被人牵绊了双脚的小鸟，终日空吟一首首悲歌，飞天一笑终成幻梦一场。我想，那时的奶奶定然是常常蹙着双眉，隔窗听闻书房里传出的琅琅书声，细细品评若有若无的淡淡书香。或许，她也曾双手托腮、静夜冥思苦想过纯真的过往和诗意的远方吧！

奶奶临近中年，才嫁给了爷爷，一个旧时乡村里的穷教书匠。爷爷相貌普通，家境一般，奶奶挑来挑去挑了这样一位“相公”，真是出乎所有人的预料。但选择了这样的生活，奶奶是快乐的。婚后，她将黑油油的一根长辫盘于脑后，将长裙改成短衫，在几亩薄田里，终日辛勤劳作，她用肥沃泥土的芳香换来了爷爷满身令她痴迷的书香。

后来，为了生计，爷爷在外村做了“师爷”。年初，不待南燕归来，爷爷便去往他乡。年终，只等几遍飞雪过后，他便能带着满心急切的思念和全家老小团圆于岁首和岁末之夜。我想，在那样一个喜庆的日子里，奶奶的笑容里定然含着涩涩的酸楚，但慢慢涌上心头的甜蜜居然是那样的真切、浓厚，这样的味道已足能令她在来年寂寞的四季更替里千百次地回味，在流年似水的日子里酿造出幸福的醇香。

父亲是我们村新社会里第一个大学生。据说，当录取通知书被奶奶捧到手心里的时候，奶奶的眼泪啊禁不住肆意奔流。她紧紧将父亲拥在胸前，一遍遍说着：“我娃有出息了。”那日午后，奶奶将父亲用过的所有书本，一摞摞搬在大院里，一本本晒在阳光下。她不识字却像看懂了每本一样，念叨着：“这本好，这本好！”所有的书本在她的眼里都成了绝世珍宝。父亲的书本被奶奶小心珍藏起来，放在柜顶的樟木箱里，从不轻易示人。

母亲是奶奶亲自选的。见过第一面，听说母亲念过几年书，奶奶便对父亲说："看那闺女低眉顺眼，还识文断字，行、走、坐、卧定是有模有样儿，错不了！"母亲过门后，每年春节，当她手握毛笔书写一副副对联时，奶奶必是站在她的身边细细研墨，她的眼睛不时瞟着母亲灵动的双腕和墨迹未干的大字，微微笑着，眼睛便成了一弯新月。偶尔，她还会发自肺腑低低地叫一声"好"，此时的母亲双脸绯红，不好意思起来，回敬一句："哪有！"但她明显越发用心起来，每每写完一个字后，总会再细细端详片刻，时间不知不觉地在她们的指尖溜走。等到小弟弟拽着奶奶的衣襟喊着："奶奶，我饿！"娘俩才会发现午饭时间已到，不待母亲张罗做饭，奶奶总是对她说："媳妇，你还干你的正事儿，我，这就做饭去！"在每一个喜庆的年节里，家里除了洋溢着浓浓的饭香味，还有沁人心脾的墨香味，它们在冬日氤氲的暖阳里漫漫扩散，那是小山村独一无二的味道。

母亲喜欢读书，奶奶更喜欢爱读书的母亲。在父亲和母亲偶尔拌嘴时，奶奶总是袒护着母亲，奶奶常对父亲说："你媳妇在家闷的，你回来记得给她带上书做伴。"也是因为奶奶的缘故，除了父亲，书大概是母亲一生中最痴情的伴侣。如今，母亲也快八十了，但阅读的习惯从未改变，不管如何忙和累，陪伴母亲进入梦乡的还是枕边那一页页被她翻阅的书本。

我读书时，奶奶不止一次抚着我的头，轻轻说着："我娃命好，赶上了好时候，长大了当个'女秀才'。"如果我能拿张奖状回来，奶奶便会像给爷爷过生日一样，立刻张罗着做糕、烫酒。然后，她亲自将黄澄澄的油糕送给邻里，临走还会和人家说一句：“家有喜事，家有喜事……”一面说，一面将一双小脚退至门旁。一会儿，她又会飞向另一家和大家分享那独有的快乐。

奶奶去世时，已经九十六岁。之前，她像出远门一样安排着自己的身后事，嘱咐父亲：“定要穿着那袭出嫁时绣着牡丹花的红色缎面大氅，还有陪嫁带过来的樟木箱子里几本泛黄的线装书。”二叔说：“闹不清楚，老太太不识字，要书干啥？”旁边的母亲却说：“我知道！”

每当奶奶忌日，母亲焚香前，总会精心整理遗像前的一摞书，那都是我的作品。相片里的奶奶始终微笑着，像极了往日里她们聊天的样子。母亲闭着眼，不知是沉醉在缭绕的香气中，还是静静谛听奶奶与她的耳语？

书香随风，催生阶前多少繁花。

往事如烟，留下人间几许好梦。

老宅

老宅已经很旧了，大木门已经搭不上闩，屋顶的飞檐上曾经惟妙惟肖的瓦猫头不是掉了眼睛就是缺了耳朵，临街的城墙砖也早就七零八落，头进院的大正房、西耳房，二进院的东西耳房、正南房，大门院的配房，还有里院的柴房、磨坊都被拆掉了，留下的只有头进院的的东耳房，历经三百年的风雨沧桑，像一个风烛残年的老人静静地欣赏日升月落。

但父亲退休后，还是执意丢下城里的高楼大厦，和母亲死心塌地住在乡下的老宅里，不愿轻易离开一天。父亲说他曾经降生在那条土炕上，母亲说那个破败的东耳房是她的婚房，他们的根儿在那儿，去哪儿也不如住在老宅踏实、亲切，就像吃不惯大鱼大肉，他们的肚子里只要有一碗黄澄澄的小米稀饭就觉得舒坦、惬意。

老宅在我儿时的记忆里充满了温馨与快乐。从临街大门宽敞的大亭直到经过五进小院到后院的马厩里，到处都充满了儿童的笑声。我依稀记得，每当一群小孩子从前院飞快地跑到后院玩各种游戏时，我的奶奶总是迈着一双小脚在郁郁葱葱的椿树下，微微笑着，看着我们，冷不丁从她的手里就会变出一个花布缝的沙包，或是羊皮缝的毽子，羊皮里面是一枚厚厚的青铜钱。因为有了这样一个毽子，我和小伙伴们，前屋后院到处乱跑，找寻公鸡和母鸡抖落的鸡毛，要是实在找不到合心意的鸡毛，一整天总会失望地噘着嘴，闷闷不乐。天快黑了，和我同岁的小叔叔从他家的鸡窝前逮住那只漂亮的大红公鸡，捆住两条腿，撩开鸡翅先拔绒毛，塞满毽筒，再揪几根飘带似的尾羽，三根均匀地插在绒毛的外边，用不了的便仔仔细细夹在书本里。公鸡疼得叽叽咕咕叫，引来了挂窗帘的小奶奶，小叔叔便要挨一次打，不知有多少回因为不敢回家，他就睡在空了多时的猪窝里。第二天，看着他头上粘着干草，我就会偷偷从家里拿一个热乎乎的鸡蛋给他，他也总是高高兴兴接过来。当那插了公鸡毛的毽子在伙伴们面前博得一片喝彩声时，小叔叔总会悄悄在我耳边说下回咱再拔那只更漂亮的花公鸡。似乎他早已忘了昨晚睡猪圈时的冷寂难熬。

南北对厅是夏季乘凉的好地方。中午开饭的时候，八九家三十几号人都不约而同端着碗聚在厅下，有的坐在门槛上，有的蹲在门道里，有的就那样端个碗站着往嘴里扒拉饭。要是有个稀罕的吃食，大伙儿必是人人都能尝一尝，就是吃个豆渣饼也得给每个人掰一小口。大院里孩子的小碗里，总是被塞得冒尖，面、菜、葱、豆应有尽有 。大院里只喂一条狗，院里的人都是主人，女人们晚上不敢出门，任谁轻轻吆喝一声，狗便摇着尾巴应声而至，天再黑也有壮胆的，路再远也有做伴的。老宅的狗是出名的厉害，没人敢惹也没狗敢惹，它的忠诚与本分让大院多少年都平安无事。

我九岁那年，院里的大黑狗死了。一天晚上，睡得正熟，听见旁屋的八奶奶喊“有贼啊、有贼啊”！院子里所有的男人都穿戴整齐，拿着锹橛棍棒去抓贼，母亲和奶奶则在小屋与小孩们作伴。院里吵吵嚷嚷的，一会儿便听有人说抓住了，但一会儿又说放掉了，因为是个小毛贼，以后还得寻活路。奶奶又吩咐众人：别让他从厕所跑，那样不吉利，会沾了晦气；也别让他空手跑，给他一个窝头吧，那样冷的天，别让他饿肚子。那时，我们家只有窝头。在我的想象中，贼跟魔鬼一样，赤头黑面，还凶得可怕，可是从那时起我才知道，贼原来也是人，而且有时很可怜，并且没有多么可怕。

我十四岁那年，大正房首先被拆了，住着的两户人家，多少年来头一次红了脸，为谁要门、谁得窗，吵个不停。爷爷本来不忍心将这二百年的老宅拆掉，想留下来，可他们不肯，非说房里装了数不尽的银圆、金条。于是，房顶被一层层揭开，墙被一层层剥掉，最后掘地三尺，一无所获。后来听大人们说，金条和银圆是遁地而逃了。我以为那些宝贝或许有灵性，被大人们气跑了吧！接着南房也没有了，西面所有的耳房也拆掉了，我只记得头进院的西耳房曾经住过一个瞎眼的老爷爷，他夜夜总是拉一把破二胡，咿咿呀呀的似乎是《白毛女》的调子。二进院有一位瞎眼的婆婆五音不全、含混不清，也总会唱至深夜，剩下的人们就那样各自在家里欣赏这样的音乐进入梦乡。

我十八岁后，便很少回到曾经的老宅了。

直到父亲退休的那个夏天，我才又开始一趟一趟光顾老宅。头一次跟在父亲身后，只见大院里一人高的蒿草湮没了曾经的青砖小道，院里竟然找不到一处干净的地方。但母亲说，即使她老了，还是会尽力规整规整老宅的。这时，不知从哪儿冲出一条黑狗来，龇牙咧嘴的样子，让人心惊胆战地后退几步。沿着老宅周围走了一圈，竟有一多半的人叫不来名字，小辈们更是用陌生的目光，看着我这个“外乡人”。猛听得有人喊一声我的小名“二丫子”，细看才知是儿时的玩友，胡子拉碴的样子，只有那憨憨的笑容才勾起我心底沉沉的往事，历历在目，让人总会生出一些感慨。

如今，五进院的老宅已无一人。老宅大门口的一棵花椒树每到春天还会抽丝吐绿，屋檐下的麻雀也还会在清晨的微风中细语相啄。破败的影壁上长满了厚厚的青苔，站在空空的院落，似乎又听见亦真亦幻的童谣，看见那些模糊了的老面孔又渐渐清晰起来，而我一个人坐在蒙尘的台阶上竟真得不想站起来。

亲爹亲娘

姐姐五岁时，爹还在内蒙古。每年唯有过年时，才能和娘小聚几日。那年春天，青黄不接，为了省口粮食，奶奶让娘和姐姐到内蒙古寻爹去。

娘去时只拉着姐姐，三个月后回老家时，我便在娘肚里生根发芽。

娘生下我时，一心盼孙子的奶奶给我起个诨名“二多余”，可当娘把我这个多余的丫头片子的照片寄给爹时，爹用平生所学，给我起了一个响当当的名字“俊青”。娘说：“这是个男娃名儿。”可爹说，我肯定和男娃一样，连哭喊都是憋着脸吼的，少泪，从小有个性。娘说，爹实在是有些偏心眼，而这或许连爹自己都不知道。

爹娘不常在一起。姐姐和爹便生分了许多，姐姐从小腼腆，小时候和爹见面少，刚学会说话时在爹面前只怯怯地喊“舅舅”，娘纠正多次，姐姐才改正过来。但和爹始终亲近不起来，直到如今，已过天命之年的姐姐，有什么心里话都藏着、掖着，自个儿担着。不像我随了爹的性子，舌头下压不住一颗米，即便不回家，也要在电话里和娘有一搭没一搭地闲聊。有时听见爹在电话那头冷不丁问一句“闺女怎啦”？要不就是你说得好好的，他听岔了音，张冠李戴的笑话常常有。偶尔，我在家小住一天，睡在大炕上，就夹在爹娘中间，爹睡得沉，娘睡觉轻，有时候我稍微翻个身，娘也要探手去推爹一把，还责怪他："看你这雷声，把闺女惊得连个囫囵觉都睡不好。"爹就立刻屏住呼吸，可是不一会儿就又鼾声大作，娘就又探手过去。如此三番五次，爹不好意思地坐起来，嘴里嘟嘟囔囔："怎么办呀？这！"窸窸窣窣下地趿拉着鞋就要卷铺盖到外面的沙发去，我好歹拽回来，再上炕，但却用被子严严实实蒙住头。

第二天一早，爹总要问我一句"睡好没"？我只管说"嗯，好，好，好"。爹就会咧着嘴对娘说："咱今儿前晌啥也不干，搓二升面鱼鱼，吃不完给娃带上。"娘和面，爹只较劲吵吵着"老锅老灶饭香甜"，他一个人抱一堆柴火，肥胖笨拙地蹲在灶火边。只等娘传令，立马点火传薪。

每一次从家往外走，爹娘总要一前一后往外送，尤其是爹早早站在汽车前，爱人的车刚发动起来，他前前后后转个遍，手指比画，"打轮，转弯，退，退，退"。窄逼的街巷，总是让爱人急得满头大汗，爹恨不得自己跑过去用双手把车头拽正，爱人说："老人家像堵城墙一样站在那儿，我啥也看不见，又不敢向前开，帮倒忙！"可我又不敢和爹说他帮了倒忙，撒个鬼话，"爹，我包忘拿啦！"爹摆摆手，娃，你别下来，我去拿。爹挪开位置，趁他进院门的当口儿，汽车像牛吼一样，终于摆正待发。你听，爹在家喊娘："老太婆，娃的包你见没，快来找找。"娘扶好门墙，退几步，喊声"知道啦"！还一个劲数落，"啥也找不见，啥也不操心"！爹平白无故因我背了黑锅，待我坏笑着把包从玻璃窗高高举起来，他们从不怀疑我的“恶作剧”，反而异口同声说道：“在就好，在就好。”

车子已开出好远，爹娘的影子越来越模糊，但在前行的风里，我还能依稀听见爹的声音：“娃们，路上慢些儿……”

我都生出白发了，爹娘还叫我“娃儿，娃儿”，在他们面前，我是他们牵肠挂肚总也放心不下的“娃儿”。

爹是老牌大学生，可你在他身上找不到丝毫知识分子的样子。一件儿黑面挂里老羊皮袄一穿二十年，拎起来足有十几斤重。家里光景好起来时，娘给他做了轻便的黑色大衣，可爹就是让新衣服压了箱底也不换，娘说他是头“倔驴”，可娘知道那件皮袄是爷爷给爹亲手熟的羊皮子，也就不强人所难惹他不高兴。爷爷用了多年的烟锅、烟袋，爹学着爷爷的样儿嗞儿嗞儿吸得好有味道。好像从我记事起，爷爷的白头发和白胡子长长时都是由爹剃掉的，有时候剃刀在他鞋帮上擦了又擦，过会儿爹再用拇指试试刀刃。我就想，那刀割不破爹的手指吗？为啥我没见过二叔给爷爷剃头、刮胡子的时候？他还是个医生呢！娘说，你爹非要给你爷爷做那些事儿。可我知道，每次做完这些事后，爹要赶火车，掐着分针地算时间。娘说，连骨碌带跑，气都喘不匀。可爹愿意做，谁也管不了。娘说，爹洗脸哄人哩，毛巾一抹，从不打肥皂，时间长了连毛巾都滑滋滋、油腻腻的，老农民也没他这号人，白添了张文凭。爹老了，脸上坑坑洼洼，有时候再冒出几个黑头，着实让人心痒痒，我像犯了强迫症，一定要下了力气挤出来，爹疼得龇牙，却从未拒绝，好似我在进行什么实践活动，得好好配合。直到老公警告我，这样“摧残”老同志容易面部感染，我才罢手。爹怕老公说我，一个劲儿对他说：“我让闺女挤的，真的。”

有人说我脾气像爹，属于那种光吃亏占不了便宜的人。有时候我受了气，就打电话“讨伐”他，他还教育我，吃亏是福，心气要平。想想爹这一辈子大亏小亏吃了个遍，不是也从田无一陇、房无一间，到如今住上了宽敞明亮的大瓦房吗？不是也从一穷二白的穷人家的孩子变成了拿着退休金的幸福老人吗？小心翼翼做人的爹不只是一个众人眼里的老实疙瘩，更是大家信得过的老好人，我，也要做爹那样的人。

我跟爹说我不仅遗传了他的“傻”，还顺带了他的毛病。爹就不说话，似乎真做错了什么。

一日，我的高血压病又犯了，正好爹在隔壁。夜里服了药，我还是脑仁疼，闭眼等天明。听见有人起床，就在我的门前停下，斜睨，爹怔怔站在那里，叹口气。不到一个小时，听见又有人起床，我翻过身，还是爹，这回他两手一上一下扒着门，伸着头，轻而慢地问：“好些没？”我用手做了个箍头的姿势，爹皱了一下眉，只说：“好好睡，爹替你看的。”这黑蒙蒙的夜，爹替我看什么呢？不知过了多久，透过窗户，东方已泛白，天要亮起来了，我也不知自己什么时候睡着的、怎样睡着的。迷迷糊糊，似乎脸前有温热的气息，我更不知道爹什么时候挪到我的床边儿，坐了多久，他也肯定看了我好久。我睁眼，爹端了一杯温开水递给我，自言自语：“咱爷俩怎么得一样的赖毛病！”那眼神不仅有担忧、慌乱，甚至还有一丝隐隐的愧疚。

其实，爹不知道，应该愧疚的是我。想想从小到大让他和娘为我操了多少心。有谁知道，高中时，爹这个娘眼中的粗人为我熬了三年中药，哪副药苦、药甜、药酸，他都亲口尝遍，每副药渣他都一一查验；有谁知道，参加高考时，我前面骑着自行车，爹就像个便衣警卫在后面远远跟着；有谁知道，当了一辈子老师又那么爱面子的爹，当看到我那一塌糊涂的理化成绩时，从来没有责骂过半句；又有谁知道，当爹生病时，因为觉得拖累了我的安稳人生，而泪湿沾巾。即便今天，我的爹娘已年届八十，也依旧要住在乡下，只要能行能动他们就决不会轻易进城，来到我的身边，他们怕自己成了儿女眼中的“麻烦”，更怕自己无所事事变成个“没用的人”。

其实，爹娘也不知道，只要他们在，哪怕什么也做不了，我的心才有着落。只要他们在，家就在，爱就在。此生，我的双脚才能踏往归途！

师者

我的小学生活是在我们那个不足二百人的小山村度过的。

学校居于山村中央，正北面三间房，房前一棵老柳树，据说树龄已近百年，树上挂满红布条，还有一块儿青砖见方的生铁块。全校有师生五十人。一、三、五年级一个班，二、四年级一个班。镇上只派来一位公办老师，姓王，带着一个和我差不多大的儿子，就住在学校里。记得冬天里，每天早上我们读书时，总能嗅到王老师熬在火炉子上的小米稀饭香味，肚子就不听话地叫起来，读书声也一阵小似一阵，王老师就用一条二尺来长的柳木棍子敲敲教桌："回家哇！"我们就一溜烟跑回了家。

当烂铁块被"咣咣咣"敲起来时，就是上学的时间到了。孩子们三三两两进了教室。长长的课桌和窄窄的凳子要坐五个人，桌面上楚河汉界分得清楚，要是不小心越了界，身边的同学用肘用力顶你一下，管叫你长了不少记性。王老师在黑板上给一年级的同学上课，"a、o、e、a、o、e"一遍遍念，三年级和五年级的同学就做数学题，行程问题最难懂，有人抓耳挠腮。念了一堂课，小同学安静下来了，老师又在黑板上讲起了数学题。那时，我觉得我们的老师真神啊，啥都会。

没课的时候，老师就在墙角的教桌边给大家改作业本。有时候，偶尔有人会藏本小人书，偷偷翻着看，王老师发现了绝不会没收，也不会呵斥，而是拿在手里说："让我先看看。"

那年，在城里上学的弟弟放了暑假，假期又长，实在没人看。而村里因为要放秋假，暑假假期短，早早开了学。我就带弟弟到了学校，一年级学着用"一"组词，弟弟也跃跃欲试，他先说"一块草坪"，大家没反应，后来他大声喊"一个大瓮"，孩子们马上热闹起来，"原来就是话里有个一"，有人喊"一棵草""一间房""一堵墙""一盘磨"。忽然，我那邻家堂弟来一句"一个巴掌"，话音一落，教室里的同学们顿时笑得前仰后合，连我那认认真真听大家举例子的王老师也笑弯了腰。

我初中时，来到了镇里。

学校三百多人，二十来个老师。我的班主任姓闫，四十多岁，看起来精明能干。老师很严厉，谁调皮捣蛋，老师绝不手下留情，下手很重，有一次居然打哭了他的儿子。不过，闫老师对我极好。记得我去参加县里组织的作文比赛就是老师用自行车驮着去的。路上偶有颠簸，我不由打个趔趄歪在老师的背上，紧紧抓住他腰间的衣服，踏实而温暖。

那日，在医院的药房急匆匆拿药时，听见有人轻轻喊我名字，细细打量，啊，是闫老师！，三十年了，老师居然一下子就认出了我。他握着我的手，嘘寒问暖，老师且听且谈，我在学校的点点滴滴老师如数家珍般娓娓道来，这世上除了父母至亲，有谁还能记得你年少轻狂的模样？

高中时，常老师刚从师院毕业，梳着齐耳短发，青春美貌。机缘巧合，她成了我的语文老师。承蒙常老师厚爱，凡是我写的作文，每一篇她都会细细读，精心批改，有时一个标点符号也会让她动一番心思，告诉我用得对不对、好不好。她一个人住着一间单身宿舍，偶尔开回小灶也总要叫上我。如今几十年过去了，老师在煤炉灶前翻炒煮饭的样子还如在眼前，如此真切，又让人唏嘘不已！如今，看看自己已经两鬓斑白，我可亲可爱的常老师又是怎样一番光景呢？我又能以什么方式来回报老师当年对我的关爱和教诲呢？晴川历历，芳草萋萋，我的老师，如今竟难听到他的消息。

我努力把生活过成自己想要的样子。它应该充满诗情画意，充满浪漫惊喜，充满丰盈梦想。同时，我对老师这个称呼也充满无限的敬畏和爱戴。

直到有一天我感受到了另类的老师……

二〇一七年，孩子报名参加了高中物理竞赛。那天，送他到省城复试，我在考场外等着他出来。两个多小时的时间，听到身边一个家长谈起了他的孩子，如何从一个优秀孩子变成一个问题孩子，又如何从一个问题孩子开始了新的蜕变。听着听着，我不由想起了自己的孩子，他们的境遇何其相似？虽然，前路漫漫，双脚泥泞，但我们还在踉跟前行。

我这一生唯一一次在大庭广众之下的低头道歉是因为儿子。

那时，儿子才上初一。开学不久，班主任打电话让我到学校，我到了学校，班主任告诉我，我的孩子在课堂上不认真听讲，最让他恼火的是，我的孩子把诅咒他的话写在了橡皮上。我想确定一下究竟是不是孩子所为，但老师显然已经认定这是不能平反的“罪账”。我还能说什么、我又能说什么？我低头向老师道歉，为我的教育失责，但老师不接受，他厉声让我的孩子回家，无限期停课。我把我唯一的孩子领回了家，孩子不哭也不闹，只说了一句：“妈妈，我只告诉你橡皮上的字不是我写的，是某某同学写的！”“那你为什么要承认呢？”“我为什么不承认呢？”“承认了其他同学就能上课了呀？”是或者不是已经没有什么意义。我选择放过孩子，对于一个孩子，还有比“不让上课”这更重的惩罚吗？

那是那年唯一一次会考，孩子的会考成绩依旧是年级第一。

但我的孩子说什么都不能留在原来的学校了。

我们当机立断给孩子转了学。到了新学校我不知道为什么孩子的胆子变得那么小，他要把自己装在套子里吗？每晚，我的孩子一定会在睡梦中哭醒，醒来后紧紧贴着我。我不是一个睚眦必报之人，可我就是无数次想过，让那个老师的孩子在求学的道路上能够遇到一个像他父亲一样的老师！

直到有一天，我在路上碰到了那个老师的妻子，她问我孩子现在好吗？自从孩子离开学校，他的老师得了失眠症！我回答还好吧！我不想告诉她孩子有多自卑、有多不合群，我也不想告诉她这么多年来，刻在孩子心里的伤痕我不敢碰。

后来，孩子上了大学。直到有一天，他告诉我，路上碰到了那个初中老师，这一次，他没再逃走，而是迎上前向老师鞠躬问好。我问他老师怎么说，孩子说，老师看起来很惊讶，但也礼貌地回敬他你好！我多想和孩子说，无论于己于人，宽容不仅是一种美德，也是一种能力。

中学时，读到韩愈的《师说》，以为“师者，所以传道受业解惑也”。经历种种，才感慨所谓良师定为益友。茫茫人海中，我们之间的每次相逢皆为“恩遇”。

我心飞翔

三年前，在省人民医院，眼科主任不无遗憾地对我说："我已经尽力了，你还可以找找别的大夫，试试看！"那一刻，我如坠无底深渊。之后的无数个夜晚，我在睡梦中哭喊"谁来救救我"？该来的还是来了，与先天性眼疾苦苦争斗了三十年，我还是偃旗息鼓，做了降兵，守了空城。

十年前，我教过的学生，如今正值芳华。他们以我为师亦为友。在电话里，他们说："老师，你一定要坚强起来，你还年轻，你一定能成为我们心中的海伦·凯乐！"可是，我的心已被泪水浸透，除了咸，便是苦。钢刀宝剑锈迹斑斑，前路任由荆棘丛生，阳光被挡在乌云之外，世界除了黑暗，没有了别的颜色。身处牢笼，我已寸步难行。

曾经，以文字为马，我日夜兼程，游览过三山五岳，拜访过先贤哲人。不善言辞的我，以诗词为贴，李白、白居易和我成了知己；以书画为证，王维、王羲之成了我的至交。醒时，一杯清茶、半卷诗书，让我在一间陋室品出人世百味清欢；醉后，几支瘦笔、点点寒梅，让我在三尺书桌前走过四季寒冬。

可是，所有这一切，在漫无边际的黑暗中，却只能让我怆然回首。

那天，我发了脾气。吃饭时，需要有家人递给我一双筷子；出门时，需要有家人帮我系好鞋带；睡觉时，需要有家人帮我铺好被褥；我想摸摸母亲的脸颊，我想看看孩子的小手，我甚至想温柔地拥妻子入怀，听听她多年积攒起来的唠叨。可是，我不能，当我从床前迈出一小步，便能听见家人们屏气惊呼“小心啊，小心”！他们怕我磕着、碰着、摔着。家里有棱角的地方，都被包了海绵，日常用品似乎也都有了固定的位置。我这七尺男儿终于变成了玻璃做的易碎人。我也从一个保护家人的人，成了被保护的人。生而无用、更无能。病虎似我，既不能纵横山林，呜呼，爪牙自断，心头戚戚！

身之所及皆所毁，我踢翻了椅子，摔碎了杯子，一而再再而三地痛击每一面墙，我还撕扯着自己的头发。仿佛三年来，一只困兽在余生留下最后无奈挣扎的痕迹。妻子从身后抱紧了我，她啜泣着喊：“请你别这样，有你在，我们才是个家呀！有我在，你就有眼睛。我会帮你读书，帮你写文章！我还能帮你做许多事情！”我的背湿了，那一定是妻子的眼泪浸透的。老母亲也重重打了我一拳：“孩子，一切都会好起来的！你安，娘才全啊！”

一切归于平静。我坐在床边，虽然双眼蒙尘，但太阳依旧像往日一样从窗户射进来，毫不吝啬地赐给我温暖和希望。

没有了眼睛，我还有耳朵和手。没有了我的眼睛，我的亲人们可以用他们的眼睛替我看到一切美好的事物，盛开的花、跑动的车、高耸云天的树、熙来熙往的人……一一从他们的口中推送到我的耳边，我也会置身其中，花会让我想到跳舞，车会让我想到行路，树会让我为生命喝彩，而人却让我学会了思考。我越来越觉得听居然比看还要有意思些。比方雨声，春天的雨常常伴着惊雷，隔着纱窗似乎都能嗅到浓浓的土腥味，想象着雨后将有多少春芽破土而出，由不得我还要哼两句不着调的欢歌；秋雨便有些不同了，不急不缓、也没完没了，雨滴一声又一声，像极了一个不时叹气的老妇人。“一场秋雨一层凉”，从外到里我都能感到层层寒意袭来无敌。繁花成梦，黄叶成堆。一吟成句，再吟成文，几年过来，不知什么时候，妻子成了我的速记员，再后来，有些文学平台还为我开辟了专栏。茶余饭后，我不再睡意昏沉，我依旧喜欢有人称呼我“老师”，那是我毕生的荣耀。虽然我不能站在讲台上为孩子们答疑解惑，但我的亲身经历，照样能给他们力量。我知道自己不能成为一个让人随处释手的包袱，而要变成一轴难得寻到的山水图画。我多希望那些身处低谷黯然失意的人们能够踩着我的肩膀上升一个高度，我多想让他们看到人生每一处不一样的风景。他们的美好所得，皆是我虔诚所愿。

随意一嗅，书香悠悠。那个从前满身油烟味的妻子，居然腾出更多时间和我“蜗”在了书房。我的笔杆子被她握着，她的口里诵读着我的文章。虽然我看不见，但我比以往更加尝到了不一样的甜，绵长、醇厚，让人回味无穷。

今天，我已涅槃重生。肋生双翼，荡胸层云，御风飞翔是我最大的快乐。因为，我懂得：向上，我会飞得更高；向前，我会飞得更远。

过年

冬至后十天，阳历过新年。在我们老家，每到新年前后，总会听到有人念叨这句话。不过那时农村人是不怎么过新年的，他们认为那是城里人的节日，洋味十足，只不过新年一过，春节的脚步就更近了。

我记得那时的冬天似乎比如今冷了许多，在上学的路上，孩子们的手总是揣在厚厚的羊皮筒子里，小脸冻得通红，在冷冽的寒风里飞快地向学校奔跑。但是，从数九天开始，我们似乎对这种寒冷不再畏惧，而是由衷地欢喜。功课基本学完了，家长和老师不会让我们像城里的孩子一样，死气沉沉坐在教室里。他们并不十分介意我们的调皮和放肆。在村外的小河上，我们的手中托着刚从河边掰起的晶莹的冰凌碴子硬往嘴里塞，双脚则不停地在冰面上前行、后退。偶尔，自制的木式冰车也会派上用场。整个冬天在新年前后是最热闹的。学校的钟声总是唤不回顽劣异常的我们，倒是常常感染了代课的老师，因为担心大家的安全，他会自动加入我们的行列。老师住在学校，一年三百六十五日在有学生的家里吃派饭，农村人是那么的厚道，他们并不因为老师放纵了孩子，流露出少有的不快，倒是常常在这时杀猪宰羊，欢欢喜喜迎接老师的到来，感谢他们一年来付出的艰辛劳动。

至今想起来，那样热闹的场面似乎就在眼前。一大早，一头大肥猪被四五个人追得满院疯跑，逮住了，又跑掉，再逮住，还想跑，没门。猪被五花大绑捆了个结结实实，有气无力地哼哼着。一锅热水在“呼嗒呼嗒”的风箱声中沸腾起来。猪要挨刀子了，喂了一年的猪还是躲不了今天的末日，女主人常常不忍心看它走向杀场，往往要在屠夫将刀刺向它脖子之前，逃离片刻。一刀子下去，肥猪的生命戛然而止，血沫子从它嘴里流出来，四脚做着最后的挣扎，渐渐地终于静了下来。

猪被放在了准备好的长条案板上，用一指粗细的铁通条顺着大腿根的皮肤下穿进去，再拿出来。好了，男人们鼓起腮帮子、两鬓暴着青筋，朝刚才通条捅进去的小口使劲吹气，猪的全身慢慢鼓胀起来了。肥猪看起来体积增了不少，像个气球。然后再用滚烫的开水淋遍猪的全身，每人手拿敷石用力一刮，猪毛立刻一绺绺被刮了起来，如此反复，大肥猪终于被褪干净了，猪皮白嫩白嫩的，大伙喊一声：“好猪。”眼看着猪头被割下来，接着再挨着血脖子割下一块滚刀肉来，扔给默不作声的当家女人。中午是少不了那盆香喷喷的杀猪菜的。这时，猪血盆子在猪脖子下早已成了满满一盆血豆腐。接着是开膛破肚的时候，一刀子直直划下去，心肝五脏全露了出来，只见那屠夫的那双手剔、滑、取、剥、放，几个动作下来，刚才还整整落落的大肥猪已被卸成了几大块，肥的瘦的都各自分开。从前，人们穷，杀掉一口大肥猪充其量只落个头蹄下水，其他的都被卖掉补贴家用；后来生活好了，往往是杀多少，留多少，自家享用，即便如此，养猪的人家也还是越来越少。

谁家杀猪，全村人都会沾沾喜气。猪肉的香味从灶间飘来，钻到了每个家庭。中午吃饭时，多数人家的餐桌上都会有一大碗盛着白菜、土豆、豆腐、粉条和鲜香猪肉的杀猪菜的。

这样的日子从数九一直要延续到过年前的两三天。

老天爷就是最好的大冰箱，猪肉被裹上厚厚的牛皮纸放在院子里，要是下雪了，再在上面围上半尺高的层雪，整个冬天都是硬邦邦的，吃起来“余香绕舌”。放在外面的肉是用不着担心被人偷走的，家家户户都这么做，况且院里的小黑狗总是像个忠诚的警卫在日夜巡逻，但有风吹草动总要叫个不停。

一年四季对于村里的老百姓来说，最幸福的日子也就是这四十多天的日子。吟唱着“绿蚁新醅酒，红泥小火炉，晚来天欲雪，能饮一杯无”？的学生娃子们，看着父亲拢起通红的炉火，母亲则炒一锅香喷喷的猪肉，父子俩盘腿坐在热炕上，喝一壶烫得暖暖的老酒，幸福的滋味就渗进了每个人的毛孔，心里总有说不出来的乐。酒足饭饱，在纷纷扬扬的大雪中，一家人在房前堆个雪人，炭疙瘩做眼，胡萝卜按个鼻子，红纸涂唇，没手怎么办？大扫帚左右一插，一个雪孩子从童话的世界里走了出来，孩子们笑个不停，大人们也会驻足观看他们共同的杰作。

过了冬至，迎来新年。过了新年，盼来春节。终于等来了噼噼啪啪的鞭炮声，新的一年又重新开始了。

一本未曾公开出版的书

几十年了，还记得第一次面见公婆的重要时刻。

那日，秋高气爽。我和老公一前一后走着，远远地就看见小巷深处并排坐着白发的阿公和阿婆，心里想着一定不能失了礼数，过好头一回关。不觉已走到他们面前，拘谨间，两位老人颤巍巍托着青砖墙站起来，异口同声对我说："快，家来。"慌得我不知先迈哪只脚，便跟着阿婆晕头转向回了家。

进家后，我脱掉外衣，摘下头巾，还未来得及看清四周的环境，老阿婆兀自拉了我的手，打开话匣子，告诉我说，我未来的丈夫是他们的幺儿，生在青海，长在青海，书也是在青海念的，所以，转学到山西后混了个高五毕业，还是考了个"家里蹲"。他们听自己儿子说尽了我的好话，其实，我有那么好吗？

我心虚地抿嘴笑笑，一旁的白发老阿公起身做着手势"过来坐"，我坐在他身边，随手翻了几本杂志，便轻声问："听说您写了一本书，我想看看！"老人家竟然摆手说："算不得书，一本小册子而已。等我改好了，你再替我看看。"

一旁和面做饭的他们的老儿子插来一句话："是啊，以后成一家人了，你少不得要多向老人家取经学习啊！"我们说话时，老阿婆就从里间拿出一个蓝布书包，从中拿出厚厚的一摞十六开稿纸，大约有两三厘米厚，我估计有几万字的样子，打了四个孔眼，用白洋线穿着，我接过来，前前后后粗粗翻阅了一下。确切地说，这是一套关于在青海高原培育云杉的经验技术材料，只因为老人家是用讲故事的形式写的，包含了当地的风土人情，也自然而然吸引了我这个局外人的兴趣。而且，我发现有些材料数据比对的时间，竟然有将近二十年的跨度，从一九六二年到一九八二年，老阿公从三十多岁的毛头小伙一直到年过半百的种树达人，青春岁月流过的汗水和眼泪，都让湟中县上武庄林场浓密茂盛的每一棵树记忆犹新。

慢慢地从那些亲切而烦絮的赘述中，我了解到：老阿公生于一九二九年，上了两年"扫盲班"，二十岁参军前夕与已经童养了三年稚气未脱的阿婆结为夫妇。青海解放后，作为人民解放军的光荣一员，老阿公转业回到地方，将他乡为故乡，成为社会主义林业战线上的新生力量。

来到上五庄林场后，特别是亲自参加了全国农林现场工作后，爱钻研、肯吃苦的老阿公对自己提出了这样的疑问：为什么云杉在其他地区可以广泛种植，而在青海天然林区阳山却没有分布？能否对这种经济价值较高的树种进行人工植苗广泛造林？

为此，老阿公对云杉这种树种进行了认真细致的研究，逐步了解了云杉的习性、生长环境和抗病性能，经过多年的摸索和总结，使云杉全光育苗培育获得成功。云杉成为他在青海又一个值得骄傲的孩子。

从材料中，我找出了十二组比对数据，最短的时间间隔不足一天，最长的则历数二十个酷暑寒冬。若干年后，当我们全家再次站在上武庄林场的土地上，听着流水潺潺，看着漫山苍翠，感受着当地十分明显的昼夜温差，特别是午间强烈的太阳光照在人脸上，干涩生疼，禁不住思绪万千。后来，我还知道在培育云杉全光育苗的日子里，老阿公经历过父母离世、家庭颠沛流离等诸多变故，但他始终守着青海这个地方，守着一个在湟中县叫上五庄的林场。一个人有多少个二十年能矢志不渝情定大西北？又有多少人能在二十年里只为一棵树默默倾注这男儿柔情，还把这千千情结变为手中笔下如黄金墨玉般的粒粒真情。

结婚后，我听爱人讲，当年这本“稀罕书”写成以后，可是成了许多林业技术员的“香饽饽”，手抄本、油印本也偶有得见。我的老公公还在全省的林业系统做过经验介绍。

经过几代人的共同努力，甘肃和青海云杉人工培育基地逐渐科学化、系统化、规模化，云杉在“三北”防护林工程体系中发挥了越来越重要的作用。

每次翻看那些用汗水和心血凝结成的每一个字和每一个标点符号，我想：如果当年这些材料经过认真整理，能够以科普类书籍正式出版，不是更好吗？

为什么没有呢？

经过和老公公多次接触以后，他告诉我云杉全光培育是上五庄林场每一个职工共同努力的结果，当年，甚至是围着锅台转的家属和打打闹闹的小孩子们都参与其中，他们一锹一锹挖坑，一桶一桶背水上山，一棵苗一棵苗栽种，一棵苗一棵苗浇灌，一天两次，从春天三四月份到秋天的八九月份，每个人都是参与者、研究者，让遍地荒山变成绿水青山是大家的共同愿望，而且随着云杉培育、种植技术的广泛普及，梦想也变成现实，作为一个用文字记录的见证人，一个曾经的老革命，只要看见国家富强，百姓富足，自己的家园越来越美，其他的事都不重要啦！

他还说，书能不能出版都不重要，重要的是云杉培育技术日趋成熟，青海也不是过去的青海啦！

如今，我也如同一棵亭亭如盖的云杉，在新的家园开枝散叶，岁月静好，人生安稳！

公公已经过世多年，我们的家也经过数次搬迁！但那本他亲手记录的云杉培育技术札记，我们一直视若珍宝！搁在高处，也搁在每一个人的心灵深处。

他老人家亲手留下的每一滴墨迹都清晰可见，记忆长河里的每一个故事都恍如昨日历历在目，而时光却如永远奔腾向前的浪花永不停息。

一口月饼

小时候，立秋刚过，我便扳着手指头等着、盼着中秋节的到来。因为每到这一天，我不仅能见到在外地工作的父亲，还能吃到他带回来的散着清香的月饼。

那一年，我只有七岁，又是“月到中秋分外明”的时刻。同往年一样，母亲和奶奶两个人为拜月做着准备，红枣和毛豆早已放在了一个竹盘子里，一个豆青的圆盘里放着各色水果，诱人的香味让我总是不愿走开，奶奶说：“等你爹回来拜了月亮后，奶奶呀多给你分个苹果。”

于是一家人在院子里一面抬头望月，一面兴高采烈地说着话，奶奶时不时看一眼院门。母亲不说话，但早已把晚饭给父亲和弟弟热到了锅里。一进门总有热腾腾的饭菜等着他们爷俩，这是母亲给父亲最适时的礼遇，多年来未曾改变。然而今晚在这个年年团圆的日子，父亲却没有准时回来。焦急总是在思念中不自觉地滋生了出来，奶奶一个人喃喃自语：唉，怎么还不回来！踮起小脚开始往门外面急急地跑了一回又一回，母亲则叫上了小黑狗往村子外面走。在这月饼飘香“古今共传惜今夕”的美好时刻，我的母亲和奶奶都在夜色中倾听父亲和弟弟临近的脚步。然而，那一晚父亲和弟弟直到午夜了还没有回来，供品早已被摆上了八仙桌，只是没有了盛着月饼的条盘。一炷香早已过了，细细的灰烬和着依旧燃着的红蜡烛让人的心开始变得烦乱而不安。母亲在月下许着愿，已经好长时间了还在那里跪着，她坚信自己虔诚的心一定能赢得上天的垂怜。除了等待，我们别无选择。

已经有瞌睡虫开始诱我入梦了，梦中我依旧等着父亲、弟弟以及他们的月饼。

在梦中，我听见阵阵敲门声，定是“月饼”回家了。等我坐起来时，父亲正在我的枕头前笑嘻嘻地看着我，弟弟则早在母亲的怀里发出均匀的鼾声。父亲拿了一口月饼放在了我的嘴里，竟是那么的香甜。原来那晚父亲安排完学校放假的事后，误了火车，硬是和弟弟坐快车到了县城，又步行三十多里路伴着十五的月亮走到了家。路上弟弟走不动，父亲就背一程，歇一会儿，走走停停，到了家母亲和奶奶还在院子里等着他们。当母亲从篮子里往外取月饼时，才发现所有的月饼竟然都被揉碎了，大的也只不过一口大小，但母亲还是把它们如往年一样供在了月下。

直到现在，我依旧记得那一口甜在梦中的月饼。而如今奶奶早已羽化成仙，父亲和母亲也近花甲之年居于乡下，我们兄弟仨却没有一个在他们身边。偶尔拿起电话向家里问声平安时，父亲总是由着母亲先说，临到他自己时总是说，“好了，到这吧，电话太费钱了”。但我知道每年的中秋，我的老父母一定倚着门框望着村外的路，也盼着我们踏着月色带着清香的月饼回家过个团圆节，哪怕就带一口月饼，对于他们便是再好不过的礼物了。

我的猫

那年，我十八岁，在雨后的草丛边捡回了一只猫。小老虎一样斑斓的花纹，瑰丽而绚烂，迷离的眼神，微微上翘的尾巴，见到生人瑟瑟发抖的样子，让人心生爱怜。

从此，我有了一只猫。一只与我日夜厮守的猫。

猫是我的影子，清晨它在我的脚边喵喵打着招呼，旋着舞步。它吃鱼的样子，慢条斯理，显示着它的高雅，一点儿也不像它的出生，卑微着。无数个雨夜，我读书时，书桌是它画画的宣纸，面前的白纸上总是让它画出一些或深或浅的梅花来，然后又哼出一首首悠闲而平缓的华曲。我翻书的声音，常常让它满怀疑惑地看我一眼，似乎在说："咦，看得这么快，记住了吗？"累了的时候，我伸个懒腰，它也伸个懒腰。外出时，它总是像个绒球，幸福地睡在我的衣兜里。

猫长大了，开始了它激情的初恋。一只黑猫不可救药地爱上了它，它们隔着玻璃深情凝望，抬起前爪，表示着对彼此的好感，但它们终究不能亲近。于是，在一个深夜，我的猫从开着的窗户跳出去，不顾一切地约见了它的情人。

清晨，薄雾散尽，猫披着一身野草露水来轻轻叩门。见到它时，它幸福而娇羞地回望我一眼，接着用红润的舌头，上上下下仔仔细细整理自己的外衣，并且梳理着自己的发型。它用头蹭我的脚，当我的手拍着它光滑的绒毛时，它感激地向我叫了一声，表达着它的谢意。

几年下来，它娶妻纳妾，家族日渐强大。容貌不同的妻妾们经常在我家的周围，等待时机争相与它会面，有时甚至争风吃醋大打出手，住所周围常常猫嚎声声，周围不胜其烦，人们拿着扫帚和木棍驱赶着这群不知天高地厚的“流氓”“痞子”。我的猫也常常被打得鼻青脸肿，挂彩回家成了常事。有时，它舔着自己的伤口，过后，向我倾诉它的无奈和痛苦。此后，大约累了吧，我的猫对爱情渐渐失去了最初的激情，有时，它孤影恓惶在阳光下散步。

几年后，我的过敏症没完没了地发作。医生朋友问我：“是不是养宠物？”我说：“有一只老猫！”她说：“扔掉！否则会更严重，除非你不怕死！”我回了家，老猫毫不知情，它如往日一般殷勤地跑过来向我问候，然后坐在我的腿上，我开始不可遏制地打着喷嚏。

半年后，我结婚了，陪嫁包括一只老猫！

老猫有了自己的家，单独的屋子，一只漂亮的篮子是它的睡床，铺着松软的丝绒毯。但它不快乐，它不唱歌，甚至难得洗一次脸，而且稍有机会它就会争着跳上我们的婚床。老公开始懒得理它。但眼神里对它充满敌视和愤怒。有一日，老猫的脑袋刚刚出现，老公就极其厌恶地向老猫喊：“出去，出去，出去！”老猫开始患了忧郁症，它吃得很少，甚至鱼肉也不看一眼。它常常惆怅地望着我，怯怯地远远打声招呼，日夜醉生梦死。

一日，老猫再次跳到了我的身上，蹭我的手。老公进来后，依旧喊：“出去，出去，出去！”老猫没有动，但它弓起身，背毛立起来，像只刺猬，叫一声，向老公表示它的不满。老公见它没有离去的意思，用手去抓它的背，防不胜防，老猫狠狠咬了老公一口，然后嗖一下，钻到了床底下。

老公一支接一支地抽烟，他开始一个人整夜看球赛。

我知道老猫再没有留下来的可能了。

母亲将它带到了乡下！

听母亲说，待在乡下的老猫很有一些随遇而安的意思，没有鱼肉它可以吃甘薯，没有鱼汤它就喝白水。也许真老了，有时，小老鼠在它面前一闪而过，它也不再穷追猛打，睁一只眼闭一只眼。

有一天，下雨了，老猫还在台阶下淋雨水，母亲喊它回家，它毫不理会，如同被人打断了美梦的乞丐一样意犹未尽、无所适从。母亲想抱它回家，它却出人意料地大吼一声，然后狠狠咬了母亲一口。这一回，它没逃，倔强地弓着身，像是要决斗的样子。母亲托着自己受伤的手，痛恨而恼怒地说：“怎么是这样一只猫！”她忽然想起，自从来到乡下，老猫从未让人抱过，它不再和任何人亲近。

母亲包扎好伤口，从家里出来，老猫已不见了踪影。从此，它再没出现。

如今，在住所附近，还会看到各种各样的猫。有的穿着和老猫一样的衣服，长着一样的模样。我不知道它们其中有没有老猫的子孙，喊它们一声，也大多惊恐地逃离。在高楼林立的都市，很少有人拥它们入怀。它们的梦在夜色的草丛中、烟筒里、屋檐下，它们的外衣成年后永远洗不净，暗淡的绒毛连它们自己都不想多看一眼。它们经常和那些同一样无家可归的狗，在垃圾堆抢夺食物，而狗永远与它们势不两立，时时刻刻露出锋利的犬牙，恨不得一口吞掉它们，连骨头渣子都不吐出来。

我经常想起那只老猫。它会在哪里呢？从此，我再没有养过猫。

此身安处是故乡

临窗夜读，掩书而眠。梦里的北方小镇，清晰如昨。

/ 一 /

“莲心，把考试工具再检查一次”。蜷在床上的母亲已经是第三次提醒我了，我应一句：“知道了！”

早餐已经摆在小桌上。一碗稀饭，一个馒头，还另外加了一颗红皮鸡蛋。母亲盯着我一口一口送到嘴里。

十分钟后，已经七十岁的父亲抢先从四楼顺着楼梯扛起自行车一步一步挪到一楼他早就说过，一定要亲自送我参加高考。

中午，我没敢回家，父亲也没回。在校门口的一棵垂柳下，我们并排蹲坐着，各自就着一瓶矿泉水，扒拉着塑料袋里成坨的刀削面。父亲吃得比我快一些，放下筷子的他，顺势拿起一把花花绿绿的塑料扇子，为我扇着小风。我吃得越来越慢，却差点噎着。

读了十几年的书，好不容易等到这一天，我就像一条蛰伏在泥土里的小虫，从今天开始终于要破土而出，而我那双隐形的翅膀也终于要在阳光下飞向远方。

/ 二 /

从懂事起，我听母亲最常说的一句话就是："我们全家能平安生活，就是沾了政府的光，托了共产党的福。"

谁说不是呢？母亲天生残疾，熬到四十多岁才找了从村里来城打短工的父亲。至我出生，全家就住在一个废弃的仓库里，就这样也还是提心吊胆，都传政府要拆迁，那样就连个容身的地方都没了。听母亲说，一次县里的领导来我们这儿转悠，正好看见我坐着小板凳在青砖垒成的小桌上写字，他当时就说："怎么能苦娃娃呢？"母亲后来说，和做梦一样，没几天我们全家就搬到县里新盖的廉租房里。母亲也说："闺女呀，你是有福人，赶上个好时代。"

是啊，要是在过去，连肚子都填不饱，谁还有心思读书念字？父亲不就是因为穷，斗大的字识不了两筐，成了个"睁眼瞎"。等到我，赶上了义务教育，我可是一天都没耽误过，母亲说："只有在书本面前，才能找到尊严，才谁也不高，谁也不低。"

这些年家里没添过什么新家当，稍微有点儿富余钱，母亲总是让父亲给我买回一摞一摞的书，母亲说："闺女，咱不和人家比吃穿，咱比这。"母亲用手指指我的脑壳。是啊，除了穷些，我们什么也不缺。屋里的四面墙上挂满了我的奖状，不管谁来，母亲总是让人家说得心花怒放，病痛也好像减轻许多。

/ 三 /

父亲特意换了一件淡蓝色的 T 恤。这件衣服，他一直挂在衣柜，从来不舍得穿，他说“送闺女念大学，多体面的事儿，一定要齐整些”。母亲面前的一沓人民币，被她数了一回又一回，最后被她紧紧裹起来，缝在贴身的内兜里，母亲说：“我攥着咱们全家人的命。”

腿脚不便的母亲一会儿说“要省一个人的车票”，一会又说“钱花了再挣，闺女念成书得送，以后老得更走不动。”坐在动车上，尽管是千里之行，但也不过四个钟头，母亲一个劲儿地对父亲说：“你看，你看，这就是知识的好处。”又歪过头对我说：“闺女，可不敢瞎混，努力几年，找份好工作，就能在京都扎住了。”

不用母亲说，我知道：唯有努力学习，我才能紧紧扼住命运的咽喉；只有努力学习，不断求索，我才能身登“青云梯”，俯瞰人世无限风光；只有努力学习，我这羸弱之躯，才能勇往直前，无所不胜。

一次，我在蔷薇花下埋头苦读，被人拍了照片，还冲上了“热搜”。原来，那个善于学习读书的我，在别人眼中还是校园里的一道美丽风景。

漫步徐行，即便风雨相袭，我依然无惧。内心一隅，数年累藏，万卷奇书井然排放。儿时烛照，从未在记忆中熄灭，在那温暖的光影里，万水千山走遍，书香盈袖，此身安处便是故乡。

我们的孩子

我们的孩子从来到这个世界，大多数就受到了极其隆重的礼遇。从进入产房开始便习惯了前呼后拥，以自己为中心的生存方式。爷爷辈、父母辈没有谁不为他们俯首帖耳，长大了更是成了“小皇帝”，稍不如意不是就地“驴打滚”，就是连哭带叫的“咆哮帝”。

是啊，我们的孩子打也打不得，骂也骂不成。孩子错了，做父母的偶尔想要惩戒一番，孩子的爷爷、奶奶、姥姥、姥爷马上会振臂一呼，立场坚定为孩子斗争到底，哪怕媳妇翻脸，女儿落泪，也在所不惜。孩子把老人看成了“护身符”，老人把孩子看成了“命根子”，别说是三天五天不见面，就是三两个小时见不着，立马缺了精气神。

八九岁的孩子放学了，肉嘟嘟的小手被大人们紧紧牵着，头上的遮阳伞几乎全罩在孩子的身上，孩子说，爷爷，咱俩一块儿打伞吧！爷爷立刻说，爷爷不晒。下雨了，奶奶的花伞也全罩在了孩子身上，孩子说，奶奶，咱俩一块儿打伞吧！奶奶赶快说，奶奶不冷。如此这般几次下来，孩子便会想：爷爷、奶奶、姥姥、姥爷原来是铁打的？等到以后，风雨来袭，孩子会自己把伞罩在身上，他们不会知道自己的爷爷、奶奶、姥姥、姥爷也是肉身，只不过在他们面前伪装成了“铁疙瘩”。

三岁看大，七岁看老。真的，一点儿不差。我们的孩子从小吃不得半点苦，我们也不敢让他们吃半点苦，那是我们的心头肉啊，怎么舍得？看着他们皱一下眉头，我们的心尖会疼得抽筋啊！孩子又大了几岁，馒头大米早已满足不了他们日渐丰富的味蕾，洋快餐成了他们的最爱，于是什么“基”都会盛满他们的胃。孩子不懂为什么大人们只爱吃馒头、面条、土豆、白菜，不知道自己的一顿洋快餐吃掉了半袋米、半袋面，更不知道自己的洋快餐会让下岗的爹妈掏钱时手哆嗦，会让早已吃素的爷爷、奶奶、姥爷、姥姥心哆嗦，他们也不知道要是哪个教育先驱见着他们，一定会用食指戳着他们的脑袋，骂一句“晋惠帝一样的白痴”。当然，他们不知道谁是晋惠帝，更不会知道那个让人笑掉大牙的“肉糜故事”。

孩子要上中学了，大人们是削尖了脑袋想让孩子进个理想的学校，管他是不是那块料，也不管他将来是虫是龙。这会儿，辛苦挣来的钱早成了“纸片片”。高分的要进重点班，低分的要进好学校，平时呆头呆脑的家长，如今似乎都有了十八般武艺，神通广大，要风得风，要雨得雨。其实谁知道他是借了“高利贷”，还是到澡堂彻夜不眠给人“挠脚心”，抑或老天垂怜，中彩票得了意外之财。总之，用尽了浑身解数，终于如了自己的愿，还未必遂了孩子的心。晚上睡下来，只觉得踌躇满志、功德圆满。至于以后的日子，吃土还是吃菜，喝水还是喝汤，早已不在考虑范围之内，似乎是只要为孩子花了钱，全家哪怕顿顿喝西北风也饿不死，个个成了“活神仙”。

如今的孩子不上网、不疯跑不能算品学兼优，至少也让父母省心不少。日本出版了《哆啦A梦》，一开始中国家长不明就里，孩子喜欢看，就下了血本，一系列全买回来，看着孩子安安静静，以为买回来育儿金经，直到发现孩子比以前更软弱、更自私、更爱说谎、更加无原则，才发现成了原著“大雄”的翻版，活脱脱气得你少了半口气。这时，才想起放在库房墙角的《民间故事》里那勤劳朴实的牛郎，善良漂亮的七仙女，但书早已是鼠蛀虫咬，成了一堆垃圾。

“慈母多败儿”，这话一点不假；“棍棒底下出孝子”，也有几分道理。那个家有七郎八虎的年代，家家户户米缸见底，晚上孩子回家不点人头，不叫小名，只数炕沿底下的鞋底，少一双一儿不见，少两双一对不在，做娘的这才提着烧火棍，三儿、四儿溜着墙根喊几声，儿多自然身子贱，回晚了受疼的是自个儿的屁股，只有硬生生顶着那一顿痛打，觉得自己就是该打。绝不会像现在的孩子一样，爹娘教训几句，立马梗着脖子恨不得自己的爹娘让警察捉了去，说是犯了《妇女儿童权益保护法》。有趣的是过去的孩子即便挨几次打，记在牙根里，长大了偶尔还跟父母瞎掰，可从不记仇，反倒是重情重义。如今的孩子，你是舍不得打，也舍不得骂，一个个像少爷、公主一样供奉着，反倒像培养出来的阶级敌人，跟你离心离德，别说能当贴心“小棉袄”，能将就当个“烂麻袋”就不错了，指望为你遮风挡雨，那就如同痴人说梦。

孩子长大成人了，你还没醒过神，他已经变成了一部“榨油机”，找工作、结婚、买房买车，似乎爹娘成了取之不尽、用之不竭的“人民银行”。达不到目的，就会怨自己生不逢时，恨自己投错了娘胎。

不顺心，眼一瞪，他成了爹。

我们的孩子从小没有玩过“尿泥”，所以缺朋友；我们的孩子从小没有兄弟姐妹，所以缺友爱；我们的孩子从小没经过阳光照耀，所以挺不起腰杆“缺钙”；我们的孩子从小没有经过风吹雨打，所以遇到困难只会哭泣；我们的孩子从小都吃现成的饭，穿现成的衣，所以不会思考，迷路了，也只会无可奈何在原地打转转；我们的孩子没有细细观察做长辈的我们已经慢慢变老，没发现他们自己尽管一事无成但韶华已逝。

孩子会长大，也许他会许你华丽的珠玉，而我们需要的只是一碗米粥，可他不会做；也许他会许你年老时环游世界，而我们需要的只是在老榆树下搬一把椅子，静静地晒太阳，可他说没时间；也许他会许你身后荣华，可我们需要的只是病床前他能握紧我们苍老的双手，在我们的耳边，轻呼一声爸爸或者妈妈，可他说那没意思。

想起小时候他的小脚丫时常在夜里蹬在你的怀里，想起了你曾经睡在他尿湿的尿布上，用你的身躯温暖他湿冷的脊背，想起吃他碗底的剩饭，想起他身体不适，你伏在病床前日夜守护，想起他的泪，想起他的笑，想起他所有的一切，想起这一辈子不是为自己而活，就是围着他转。

想着想着，他真的长大了，而你真的老了。

我们的孩子之二

儿子十六岁，高中二年级。

每天凌晨四点四十分，头顶的手机铃声就开始叮叮咚咚响了起来，儿子从听到的第一声起，就一个“鱼跃”翻身坐起，闭着眼套上毛衣，穿上裤子，然后冲入卫生间。洗脸、刷牙，牙膏早已被起得更早的爱人挤好，放在洗漱架上。这项工作原本我做着，可是一段时间后，血压飙到高压一百七十，吃药也降不下去，睡觉原本不踏实的爱人又一次做了牺牲，他说：“反正睡不好，干脆成全你睡个好觉。”但是，他们父子俩蹑手蹑脚的样子，反倒让我更睡不着。于是，我也一并起床，坐在那里看他们忙，儿子的毛衣再一次穿反了，那天是里外反着，今天是前后反着。我过去将儿子的毛衣从头上褪出来，儿子的眼镜掉到鼻梁上，他闭着眼任由我又给他把毛衣从头上套到身上。

四点五十分，儿子在厕所，叽里咕噜背着英语，我不知道他睁着眼，抑或闭着。儿子的眼镜度数今年又深了一百度，从去年开始，儿子每次配眼镜我不再陪着他去。真的，我实在受不了，验光师年年重复的那句话：“这么小，又深了好多啊，好好对付着，别再深了啊！”

这样的话，每个字重若千斤，压得我难以呼吸，我多么希望儿子重新拥有一双明亮澄清的眼睛。可是，儿子的眼怎么能少用了啊！前段时间，儿子早上还能多睡二十分，算算从他挨枕头睡下到醒来，一个囫囵觉也不过六个小时左右。期中考试前，儿子和他的同学们又主动将早读时间提前了二十分。这帮孩子不知道哪里来的精神，他们是中邪了还是着魔了，还是个个打了“鸡血”？儿子前段时间刚感冒，彻夜咳嗽，就那样还要硬扛着去学校，我说了一句你这么咳嗽，会影响同学专心学习的，儿子才在家待了两天，围着被子坐着，伸长脖子咳着，咳着……他咳一声，我的心就抽搐一下，为他捶着背。儿子的腿上放着沉甸甸的书本，稍微缓两声，儿子就侧过头问我一句：“妈妈，不会落很多吧？”我忙摇头回他：“不会，肯定不会。”其实，爱人早已到了学校向老师和同学打听当日的学习安排，每堂课要向儿子尽可能地汇报详细。儿子刚好一些，就返了校。

五点二十分，爱人送儿子到校。五点三十分，爱人回家，他坐到沙发上一言不发，我整理着儿子几天里还没有吃完的一堆药片，向他叨咕：“早知这样，还不如住在乡村，让他当个羊倌儿。”是啊，我宁愿我的儿子快快乐乐、健健康康当个阳光下甩鞭子、唱山歌的大字不识一筐的羊倌儿，我不愿他小小年纪这么累。去年中考，儿子差几分没考上省重点，整日闷闷不乐。我和爱人不知劝解了多少回，心结才稍解。上了市重点，儿子内心不甘，听到睡梦中的他纠结着每次考试的名次，不知道多少次听到他一次次自问为啥那样笨，又和前一名差几分，和第一名有多远的距离；不知道有多少次看到他本应是充满活力的脸上露着深深的内疚和自责。儿子是努力的，真的，已经很努力了，每日里废寝忘食，把自己置身于书山题海中，努力攀登、苦心作舟。儿子不敢有丝毫懈怠，容不得自己少许后退，更不能有片刻停顿。儿子只习惯于前行，负重前行的脚步沉重、费力，我们看着不只心疼，还有悲哀。然而，前行的路，未必总有鲜花，未必总会让人欢笑。走得急，走得忙，是会摔跟头的。摔了跟头的儿子，从不会自我疗伤，鼻青脸肿，也要独自带伤前行。儿子不知道，不论什么时候，做父母的我们都愿躬身当他的手杖，在他前进的每一步，由我们去为他碰撞石头、铲除荆棘。但，他不许，不是因为他坚强，而是在他的内心世界里我们早已不是他的心灵盟友，他的同学和他在精神上歃血为誓，彼此亮剑，在考场上奋力厮杀、你死我活。其实，即使胜利了，也只不过换来片刻的欢愉，他们在无止境的争斗中，谁都不是永恒的王者。风骚略逊，他叹气，我们陪他叹气，却望他将成败抛于脑后，因为，霸主称雄，终不会江山永固，做一回自己心灵的主人，放肆一回，又能怎样？

在许多人眼里，儿子学习刻苦，与人友善，定是我们的骄傲和光荣。985和211每一所名校成了他心里一个个富丽堂皇的圣殿，也成为压着他脊梁的大山。他想着有朝一日能在其中一所挥毫泼墨，给青春的画卷涂抹瑰丽的颜色；他想着能在其中一所望尽春色，层云荡胸。他铆足了劲，眼里流着泪，头上流着汗，跌跌撞撞，斗志昂扬。作为母亲，我却由衷地感觉到失落和沮丧。因为，作为孩子，他丢失了许多不应该丢失的快乐，没有品味到应该品味的快乐。

那是童年的快乐，劳动的快乐，和人交朋友的快乐，甚至还有失败了的快乐。

儿子的童年没有大杂院里叮叮咣咣滚钢圈的肆意笑声，没有在村前静静流淌的小河里捞鱼捕虾的手忙脚乱、也没有一次次呵斥跟在自己身后小保镖一样形影不离的小花狗，甚至没有过一次野孩子一样的闲逛、撒欢、喊叫。从五岁起，儿子就开始到各个培训班加油充电，画国画，写毛笔字，我斗胆没给他报舞蹈班，朋友们就说我眼光短浅，儿子将来要在气质上输别人一大截。人前，我一副无所谓的样子；人后，还是心有不甘，似乎儿子真得因为没上舞蹈班，会成为一个碗高瓮粗、毫无美感的“武大郎”。如今，我想明白了：我的儿子不做“平面模特”，不做“封面人物”，只要他四肢发达，头脑聪慧，其他的都不重要。如果是现在，我们不会再让儿子没完没了上那些“烧钱”的培训班。他应该穿个开裆裤，撅着小屁股，一双小手手糊满烂泥巴，迈开一双小脚丫大呼小叫满院地跑，哪个大人都能给他涂个“大花脸”，没有人呵斥他，也许我们会叫着他的小名，给他一个温暖的的怀抱，或是用硬硬的胡茬扎扎他粉嫩的小脸，那是作为孩子的无可比拟的幸福。所以，我们欠他一个快乐的童年。

儿子没有在春天松软的土地上点豆种瓜的经历，没有在夏天炎阳下收麦子、打猪草的经历，没有在秋天高远的蓝天下拔萝卜、摘豆角的经历，更没有手里牵着一个满脸糊着鼻涕的弟弟或妹妹满世界寻找爸爸或者妈妈的经历。在儿子的各个年龄段，我们只是“填鸭”式地给他脑袋里灌进各种各样所谓的“知识”，却人为地忽略了他学习生活的方式、生存的本领。现在，儿子已经十六岁了，可是还不会煮一碗清水挂面，不会洗一块白手绢，当我和爱人偶尔不在家的时候，他只能饿着肚子等我们回家。如今，我深深地后悔了。为什么当我做饭洗衣的时候，不让他学一学，看一看，哪怕他亲手煮一碗糊了的面条，我们也一定会微笑着吃完。儿子分不清麦苗和稗草，也不是他的错，因为他压根就没到过田野，只是在儿童画上见到过，儿子的同龄人大都同他一样傻傻分不清。我们的爱偏离了轨道，一直以为只有温室才能开出鲜花，却忘了寒冬的蜡梅傲霜斗雪，清香无比；忘了钢铁只有经过锤炼才能成为利剑，才能战无不胜，驰骋天下。所以，我们欠他锻炼的机会，更欠他劳动的快乐。

我们有朋友，首先是一母同胞，还有儿时的“发小”。可儿子没有！他独自快乐，独自忧伤。小时候，我们和各自的兄弟姐妹都曾打打闹闹，让长辈们没有省心过一天，成天“捅娄子”，小的干坏事，大的挨打。长大了，骨肉亲情，纵始在天涯海角也从不孤单。可是，儿子是独生子，一扇门、四堵墙囚禁了他自由的脚步和自由的心灵。儿子从小只能和自己玩，玩着左手打右手的游戏，自己扮演着皇帝和乞丐的角色，自娱自乐。长大了，他小小的心房里只能住着至亲的父母，容不下任何一个“外”人。即使是在假期，儿子除了找寻书本里的“颜如玉和黄金屋”，就是将自己置身于不真实的“虚拟世界”，动动鼠标，怪兽和魔头在他眼前的屏幕上轮流上阵，他快意恩仇、手舞足蹈、忘乎所以。彼时，他距离我们如此之近，又如此遥远，遥远到他的眼神里满是痴念，遥远到我们的眼神里满是迷惑和不解。这孩子怎么啦？偶尔，他向我们透漏一个“小秘密”，做家长的我们却有些受宠若惊的感觉，像老臣得了冷面皇帝一回恩遇，内心无比温暖，却不敢奢望还有下一次。其实，我们多么希望成为他的伙伴和朋友，就像当年的我们，不管笑着还是哭着，总有父母在身边，也不管是抚慰还是责骂，感受到的都是熟悉的味道和贴心的温暖。如今，我们常常责问自己，当初正值壮年的我们为什么不能勇敢一些，选择送他一个弟弟或者妹妹，也许他们也会和他争抢玩具、和他斗嘴、脸红，甚至挥拳相向。可是，他们终是他今生的手足，当他年华老去，兄弟执手，明月清风之下，把酒言欢，醉卧同榻，远离孤单，那样的画面便是幸福的陪伴。可是，如今我们却总是想象着二十年以后，儿子将如何步履匆匆，几张病床前总会有儿子疲倦的脸。而我们终将是孩子最沉重的拖累，我们不忍、不甘。所以，我们欠他兄弟般的友爱，我们欠他内心的安稳和恬静。

想想我们的孩子，从卵子和精子相遇的那一刻起，胎教就要被父母挂在嘴边，用肚皮听听交响乐似乎就培养成了又一个贝多芬，听听唐诗似乎就成了转世的李白。我们的孩子从能掰着指头数数时，就要接受各种励志教育，有的不满周岁就被家长抱着、背着，参加各种早教教育，还没上小学就要提前学会认字和算数，孩子顽皮和可爱的天性被逐渐消磨殆尽，我们的孩子就像一只养在金丝笼中的“鸟儿”，奋力扑腾，却没有属于自己广阔的天空。我们总希望自己的孩子赢在当下，笑在最后，甚至不能允许他们走弯路、遭挫折，却不懂得大鹏展翅曾苦修苦练，孤帆远航曾涉水万里，殊不知“无限风光在险峰”。我们的孩子不是神童，更需脚踏实地探索漫漫人生路，也必经历失败、痛苦、失意、彷徨，为什么我们不能对他们宽容一些、温厚一些？算错一道题、念错一个词，天塌不下来！可是为什么我们不允许他们有些许的失败甚至是失误？孩子的成绩单左右着我们的喜怒哀乐，也让我们莫名地忘记为人父母对孩子最本质的期盼。我们输不起吗？对于孩子，难道我们只能残忍而盲目地选择揠苗助长、涸泽而渔的方式吗？其实，每一个孩子都是父母的掌上明珠，在每一个父母心中，他们都能发出耀世光芒，不仅能明亮父母的眼，更能温暖我们的心。明珠蒙尘，需我们勤加拂拭，不是丢之弃之，更不是毁伤无度，落得个玉碎神伤。我们也要懂得取舍、退让，也要和孩子一样经历失败、面对失败、从头再来、百折不挠，只有这样孩子才能凤翔九天，龙跃碧海。所以，我们欠他浴火重生的喜悦，欠他凤凰涅槃的快乐。

期中考试后，儿子回来说："妈妈，考试'表演'砸了！考试的时候在考场上我睡着了。"眼泪在儿子的眼眶里打着转，但他强忍着没有哭。然后，他又笑笑说："不过没关系，还有下次呢。"不知为什么，我和爱人相视一笑，对他这考砸后的表现感到从未有过的坦然和放松。因为，一条毛毛虫只有经过脱胎换骨般的疼痛，才能变成美丽的蝴蝶在花丛翩翩起舞。我们的孩子已经能够从容面对挫折和困难，也能够不断成熟，不断进步和超越自我。

我们盼着孩子在阳光下能惬意地伸个懒腰，在微风吹拂明月当空的夜晚做着甜美的梦！我们盼望每一个孩子一生平安康健、快乐无忧。

我们家与火车

我祖奶奶没听说过火车！

我奶奶没见过火车！

我爷爷一辈子只坐过一次火车！

我父亲在铁路子弟学校当了四十年教员，一辈子坐过无数次火车！

我弟弟在铁路的几个四等小站当了二十年信号工，放行过无数列火车！

我在一个段管二等站当了十八年客运员，迎送过无数列火车！

我们一家人对火车的感情，自然而熟悉，深厚而复杂！

六十年代初期，父亲大学毕业，念的是铁路桥梁工程专业，最初分在了呼和浩特局下属的一个工务段任技术员。因为一次施工，他被枕木砸了腰，伤了骨头，在家休养。本来可以办工伤。但是因为年轻，二十五岁的父亲，不想自己的青春被锁在每一个洒满阳光的窗棂里，更不愿向命运低头，他坚持在工区担任记工员。三个月后，正好赶上呼和浩特局筹办铁路子弟学校，父亲半路改行做了教员，并且自己进修了高中所有的理化课程，考试合格后，自此，当了一辈子化学教员。

风雪兼程　王晋东摄

奶奶家穷，父亲当时还没有成家。正好有人给母亲介绍婆家，听说父亲是我们镇唯一的大学生，端的是“铁饭碗”，母亲毅然决然嫁给了父亲。

后来，就有了我们姐弟仨。因为母亲是农户，所以我们一直生活在农村，父亲工作忙，也很少回家。姐姐五岁的时候，对父亲的印象还很模糊。那年，父亲回家过年，姐姐藏在母亲的身后怯怯地喊父亲“舅舅”，让“舅舅”浑身不自在，更让母亲感受到了生活的艰辛。自从嫁给了在铁路上工作的父亲，竟比不得左邻右舍一家人总是其乐融融的样子。家里、地里全靠母亲一个人打理，父亲每次回家总是会闹各种各样的笑话，比如他找不到自家的米袋放在什么地方，他也找不到爷爷放旱烟的小布袋。那只眼神不太好的家养小黑狗，对他每一次的回来总是先龇牙咧嘴作咆哮状，每一次听到父亲的责骂才连忙向他不停摇尾，表示深深的歉意。即便如此，我们觉得，父亲在家度过的每一个假期都过得飞快！

每个假期结束时，母亲便早早为父亲做着临行前的准备。换洗的衣服，炒熟的葵花，炝了糊油的小咸菜。父亲背着大包、提着小包，走出了大门，留下的是久久站在那里的我们。谁也不说话，奶奶挥着手，直到看不见父亲的背影，才带领大家转身回家。

姐姐心灵手巧，却一事无成，母亲常说是父亲耽误的。做教师的父亲不知道辅导过别人家的孩子多少回，让他们学有所成、梦想成真，却少有机会在灯下和姐姐探讨学习上的问题。母亲文化程度不高，加上家里琐事烦多，本来从小聪明伶俐的姐姐因为成绩差，最后还是没有走出农村。

初中还没毕业，姐姐就辍学了。

不久，铁路系统全面招工。和姐姐年龄大小一样的子弟都顺利就业，唯独姐姐，因为文化底子薄，不得不在村里荷锄扛锹“修理地球”。母亲经过了解得知，只要父亲给姐姐开一张在学校读书的证明，姐姐就能顺利报名，然后也能找一份比较轻松的工作，只要能跳出农门，就是姐姐极大的造化，而且母亲相信只要父亲愿意办，这件事情就一定能办成。可是死心眼的父亲宁肯让姐姐受苦、受罪，自己受骂也不愿对不起自己的内心。母亲因此和父亲结了多年的“梁子”，见面不过三句话，说着说着就说到了姐姐的工作上。是啊，父亲在学校教书，开个学校的证明难道不是易如反掌？明明是父亲认死理，毁了女儿一辈子的幸福。其实，父亲就是故意的。他说，别人怎么做，是别人的事！可是共产党员不做亏心事，不弄虚作假！母亲说，父亲干了铁路，脑子也生了锈，转不过弯！

说归说，姐姐终究将根扎在了农村。随着年龄的增长，看着和姐姐年龄一样大小的在铁路上工作的姐妹，再看看姐姐后半辈子的不顺心，老两口总是相对叹气，但父亲说他自己做过的事不后悔。

我上中学时，父亲已从呼和浩特局调到了原平铁路中学。

那时，我在代县。记得每个冬天，我的脑袋上总是戴着一顶带路徽的深蓝色双耳棉帽，那似乎成了我在学校一个特别醒目的标志，许多同学叫不来我的名字，一说戴棉帽的丫头，谁都知道是几年级几班的。直到现在毕业都快三十年了，说起来，昔日的同学竟还对我的大棉帽记忆犹新。年轻时，我是标准的文艺青年，成绩也还说得过去，当教师的父亲满心希望我能接过他的衣钵，教书育人。可造化弄人，我还是没有成为父亲心里想要的样子。

一九九八年，我顶替父亲当了一名普通的铁路工人。一年后，我恋爱了，听说我是个铁路工人，未来的公婆举双手赞成，因为我是个铁路工人，他们认定我的性格肯定也和“铁疙瘩”一样，为人处世必然实诚踏实。这样的理由竟成全了一份美满的婚姻！

我弟弟初中一毕业就上了一所铁路技校，三年后便被分配上班。

前后辗转于几个四等小站，二十年来，逢年过节、花好月圆之时，一家人里他总是缺席。有一年冬天，母亲打电话说想到他单位看看，被弟弟断然拒绝。后来听人说，他待过的几个小站个个偏远，鲜有人来，吃不到新鲜的蔬菜，用水也不方便，工务、电务、车务部门所有的工人加起来超不过十人。过年时，坐不满一桌。平时各忙各的，交流也少。弟弟就在这样的小站坚守了二十年，性格变得内向孤僻，一转眼，便到了大龄青年的行列。即便有人热心当起“月老”，对方一听身处深山当着信号工的弟弟，便总是摇头作罢！自此，亲戚朋友都说不上铁路，不当寺庙里的“和尚”，和弟弟同年仿岁的发小个个儿女成行，唯独弟弟还是一个“独行侠”。父亲也为当年自己为弟弟的选择产生了怀疑。

彼时，我的一个朋友大学毕业后从事金融管理，是标准的“金领”，回家休假我才知道她一直未婚，和她随便聊了聊弟弟，她倒对他的工作表现出浓厚的兴趣。俩人见了面，我还云里雾中，他们却你情我愿，互定终身！我的同学说，她和弟弟相处虽短，却觉得铁路工人既能守着寂寞，奉献青春，定然是个有责任、有担当的人，在当今如此浮躁的社会，当是凤毛麟角，实属难得，自己寻觅多年，就像收古董，无意中捡了“大漏”，胜过中了“头彩”。

我感慨于弟弟的婚姻竟是败也铁路，成也铁路，心中自是五味杂陈。

去年腊月二十九，身体一向硬朗的父亲，由于一场重感冒卧病在床，在除夕夜里一声接一声喜庆的炮声里，竟近乎休克。大年初一，当我得到这个消息时，心急如焚，冒着白茫茫的大雪，让丈夫小心翼翼开着越野车将父亲一大早送往医院救治。经过二十四小时不停歇地诊治，

建设中的铁路　王晋东摄

父亲的烧终于退下来了，神智也清醒了许多。我和弟弟长出了一口气，一边一个握着他的左右手，父亲的手是温热的，让我想起了幼时每个春节他总是牵着我和弟弟的手去给爷爷奶奶磕头拜年的情景。那是每年最虔诚的跪拜。每当手里接过爷爷奶奶给的二毛绿票时，小嘴总是乐得合不上来。那时，生产队还没有解散，二毛钱是我们村一个成年劳力半天的计价工分。春节前夕，我们姐弟三个扳着指头盼着父亲回来的日子，因为只有父亲回来，大家才能见到从火车上买来的肉夹馍，一毛一个，咬一口，“吱”一下，满嘴流油。那个“香”啊，丰盈了舌头上每一个味蕾，真是令人回味无穷。有一年，父亲从篮子里掏出十颗泥糊的鸡蛋，我问父亲怎么吃，他说大概剥了泥咬着吃！我一连剥开了三颗，第一颗兴冲冲就咬，一股怪味直冲脑门，真的不好吃！可是因为吃得快了些，又剥了第二颗掰一口送嘴里，还是没咂出什么香味！又剥了第三个，一小口一小口皱着眉品着吃，还是觉得不好吃，父亲看着我怪怪的样子，说："我还是托人买的，真不好吃？"他也咬一口，顺势便吐了出来，说："呀！真不好吃！"后来长大了，我才知道那种蛋叫"松花蛋"，是不能像煮鸡蛋那样一口一个剥着吃的，可以做皮蛋瘦肉粥，也可以放了香油拌着老醋当凉菜下酒吃，只是那时候我们不知道，我们村也没一个人知道，因为当时只有从大城市和火车上才能够买到。在医院的病房里，父亲津津有味、半闭着眼听着我和弟弟给他讲我们小时候的故事，而我们发现似乎每一件都和铁路有着千丝万缕的关系。

听着那些陈年旧事，年过耄耋的父亲又像小孩一样盯着我们姐弟，情不自禁从眼角流下两行眼泪。我和弟弟拍拍他的脸还笑他，平时那么精明强干，关键时候怎么就糊涂起来，小病小灾拖成这样的！父亲抽出手又在我们姐弟俩手背上拍拍，说："你俩都在铁路工作，逢年过节更忙，我怕添乱啊！本以为扛扛能过去的，谁知竟闹成个这，你看，还不是给你们帮了倒忙！年也没过好，你俩班也没上好，领导又要作难！"弟弟说："不是你病得重，妈不会在过年的时候打电话到工区，领导替我顶岗啦，以后再慢慢还吧！"父亲又把脸侧向我这边，我也和他说："我们领导也知道您病啦，值班员下班没回家，连轴转！

我也会记着人家的。”父亲“哼”了一声，点点头！嘴里嘟哝一声：你们上铁路不容易！

半夜里，父亲又醒了，圆圆睁着俩眼，说睡不着了。又摇摇我和弟弟的手，说是还想和我们说说话。弟弟在他的身后垫了一个枕头，父亲半躺着。头一句就说：“我这一辈子该吃的吃了，该喝的喝了，唯一惦记的就是从没坐过高铁、动车，要是过了这一关，你姐弟俩不管谁带我坐坐高铁，这辈子就值当了！”我和弟弟满以为他能提出什么摸不着边的要求，谁知道一辈子和铁路生死纠结，到了这时候，还是句句离不开“铁路”。父亲说：“你们别不理解！你奶奶活着时，一辈子至多坐了几回汽车，我总想着等有时间了，一定让她坐坐火车，和她说起来，你奶奶可高兴了，可至她去世，我工作忙，还是食言了，我后悔啊！你爷爷五十多岁的时候，到内蒙古石嘴山找我，途中宁可绕远也非要坐一回火车，那时不理解，现在我老了，也懂了，你爷爷那时的心情和我现在想坐动车的心情是一样的，那是一个时代象征啊！其实，你爷爷一辈子就坐过那一回火车，可他觉得他活得值当了。孩子们啊，当年，你妈她看上我的首先就是这个老铁的‘牌’啊，还有你们，归根结底还是端了铁路这碗饭，那两根钢轨就是咱的衣食父母，看着你们在铁路上一步步成长、成熟，我心里高兴！从没想过火车能跑那么快的速度，从西安到太原三小时不到，早上从太原出发，中午还能在西安吃上‘羊肉泡馍’，下午就又能到汾河钓鱼，简直算得上‘神奇’了。”弟弟说：“这几年火车神奇的地方多了去了！你看那些动车上的服务员，哪个比空姐差？你看动车驶来远看就像在海里游动的

向前进　王晋东摄

‘浪里白条’，视觉冲击震撼哪！你还不知道在青藏高原建设的高铁何等雄伟壮观，堪称天堑变通途啊！”

父亲饶有兴致地听着，不一会儿，竟响起了熟睡的鼾声。弟弟说：“哼，铁路迷，一说铁路，病就好一半。一说火车就来劲！”

父亲病愈出院已经两个月了。我们姐弟决定圆了他的“动车之梦”。

临行的前几日，父亲和孩子一样，天天扳着指头说，又近了一天！

从原平出发经原太高速公路只有一个小时的路程，我们就直接来到太原南站。一进广场，父亲首先看到了背背相靠的三个武警，他好惊讶，说："呀，二十多岁的武警戴着钢盔，雕塑一般一动不动，这也是一道风景。"父亲非要以他们为背景，留个念。父亲低下头看到一尘不染的地面，也要啧啧称赞一番，弟弟笑他："真是山汉进城了！"父亲不恼，还笑着说："就是嘛，啥也新鲜，啥也好！"

我对父亲说："太原南站的设计主旨为'唐风晋韵'，造型体现了唐朝之风，外墙装饰蕴含着晋韵之美。站房屋顶的钢结构单元，汲取唐朝宫殿斗拱及飞檐的形象特征，通过现代结构表达传统建筑形式之美，使人感受中国传统空间的华丽与典雅。"父亲说："那不是我们山西的小故宫？不简单啊！"

我和弟弟一左一右挎着父亲的胳膊，八点二十五分登上了D2503次列车的头等舱，父亲高兴地摸摸座椅的扶手，又闭目向后靠了靠，他舒坦的样子好像睡在了自家的土炕上。列车像一条游轮在辽阔的海洋里快速穿梭，每到一个车站父亲总要拿笔记一记，还兴致勃勃地讲讲当地的风土人情，到了西安北站还不到十一点半，列车稳稳停靠在站台上，列车员向每位旅客彬彬有礼地道别。下车后的父亲意犹未尽，拿着他的小本本，晃着头说："一会儿的工夫我们就过了晋中站、太谷西站、祁县东站、平遥古城站、介休东站、灵石东站、霍州东站、洪洞西站、临汾西站、襄汾西站、侯马西站、闻喜西站、运城北站、永济北站、大荔站、渭南北站、西安北站。这是神仙的速度啊！"

在老孙家的羊肉泡馍店，父亲和母亲唠着嗑："哈，我到了西安了，吃着羊肉泡馍，后晌就回家了，嗯，快，真得快，这是我坐过的最快的火车了，下一回你也坐坐……"父亲絮絮叨叨，似乎要一下子将他的所见所闻汇报给母亲，他大分贝的声音让好几个吃客停下了筷子，其中和他岁数差不多的几位老人，看来也和他一样是来圆“动车之梦”的，他们并没有对父亲的不礼貌表现出丝毫不满，一边附和着“快哩，是快哩，啥也好，不后悔坐啊”！父亲和他们像老相识一样作揖、微笑，欢快之情溢于言表。

下午三点，D2512 次火车从西安北站出发，巍巍华山顷刻间悄然退后，雄伟壮观的壶口瀑布九天洒落之声依稀就在耳边，潺潺流动的汾河水仿佛就在眼前，父亲的双眼依旧一刻也没有离开过窗外道道美景， 他低声哼着我们久未听过的歌，而我知道，他的心早已醉了……

乡村“溜冰场”

村庄不大，住着三五十户人家。四周有河，每到冬天便成了孩子们天然的“溜冰场”。打一个冰车，大概也就一下午的工夫。从家里找一块一尺见方的木板，板的四周用两指宽的铁皮钉结实，再找找两根二尺来长的铁通条，冰车就做好了。人坐在冰车上，双手拄着铁通条，向后一用力，冰车便“出溜，出溜”向前走，刺激还有些惊心动魄的感觉，让人深爱着北方的冬天。

顶着刺骨、寒冷的西北风，一个一个的跟头在冰面上摔着，一声高过一声放肆的笑声在云端飘着。从早上过了中午直至黄昏，昏天黑地地玩，往往忘了回家，直到月挂树梢、繁星满天，才拖拖拉拉结队往回走。老远就能听到大人们焦急的呼喊声：猫蛋、狗蛋、二丫头、三秃子、四小子，半路上有人就被拧着耳朵拽回家，疼得眼泪直掉，但服软的话是从来不说的。到家了，噼里啪啦吃一顿“肉炒竹笋”，摸一摸红肿的屁股，心里说：明天不管二蛋、三蛋，哪怕七蛋、八蛋叫也不去了。

第二天，背着奶奶缝好的花布小书包，小手揣在羊皮筒子里，蹦蹦跳跳就去了学校，老槐树上的大钟一响，收拾了书包，“撒丫子”就往家跑，刚跑到半路，就被人拽住了胳膊，向你挤眉弄眼、扮鬼脸问：“你娘打你了？”答：“是。”问：“你娘打你没？”答：“也打来。”一个说：“那囡今儿不耍啦！”另一个也干脆：“囡也不耍啦……”。正说着，一群野小子手里提溜着冰车走过来，老远就喊：“女娃娃胆小，挨一顿打就吓得尿裤子，要是打仗时十个有十个是大叛徒。”女娃反问“谁是叛徒？刘胡兰就是女英雄！”男娃又追问：“那为啥要当缩头乌龟？”女娃不服气地说：“谁是缩头乌龟？耍就耍，谁怕谁！”真的像极了刘胡兰大义凛然英勇就义的样子。于是，又回家取了冰车和那帮野小子向村外的小河跑去。

男娃们在前面开路，女娃跟在后面，技术不大好的往往就从侧面摔倒了。几次过后，看你滑得还不稳实，男娃就会手把手教你一两次。女娃要是还摔，男娃们就会烦不可耐骂你“掉队羊羔”，这样就会很伤女娃的自尊，河面上立刻热闹起来，你打他一拳，他还你一脚，冰车都放在一边。只要有一个女娃哭出声来，战争自然不告而休，原因是“好男不欺女”。要是女娃坐在了地上，男娃还会亲自拉起来，帮着打打裤脚，问一声“打疼你没”？小孩子是不记仇的，一会儿便又和好如初了。

整个冬天似乎所有的快乐和故事都与那小河有关。腊月一进，大多数人家都会宰猪、杀羊。猪，羊都是自家养的，吃草长大的，小是小了点，但煮熟后，香味却异乎醇厚而悠远。人在河面上，却很自然地要聊起醇香的肉味。冰是暂且不滑了，循着肉香味一路寻进去，便进了二蛋奶奶家，进门就说：“奶奶过年好。”老人家连连说：“娃们好。”

然后，手一扬，捞一碗骨头放在炕中央，老人笑眯眯说："娃们，吃哇！"听不见一句客套的话语，几双小泥手就迫不及待将整块骨头拿在手中，个个满嘴流油，老人摸摸这个，看看那个，好像每个娃都是她的亲孙子、亲孙女。村里像这样的奶奶不知有多少个，一个腊月断不住地吃，直到大年三十。

大多孩子过年的时候很少有新衣穿，房檐上一挂红灯笼，原来缝在前襟、肘腕、膝盖处的补丁，都让娘拆了下来，这些补丁就像光溜溜的棉衣上贴上了五颜六色的"膏药"。

大年初一，见门就进，婶子、大娘、爷爷、奶奶……挨个叫，个个衣兜里都装满好吃的，一路嗑着瓜子、吃着花生、吸溜着糖块，不知不觉又到了村前的小河，这时连冰车都顾不上回家拿，一双脚直接在冰面上滑，你拉着我，我拽着你，好不热闹。偶尔，就连平时不苟言笑的大人们，也会冒出来，大方地在冰面上表演两下子。猛不防，有人一个趔趄收不住，眼看就要摔倒了，不知被哪个"机灵鬼"扶了一下，竟稳稳当当站住了。于是，大人和小孩欢乐的笑声像夜里此起彼伏的鞭炮声，让寂静的小山村沉浸在祥和、喜庆中。

多少年过去了，每到冬季，乡村里的"溜冰场"就会浮现眼前，让人不能忘怀。

父亲的蜜蜂

在乡下，五十个蜂箱占据了大半个院落，它们像久摧不毁的碉堡，在自己独立的王国里生生不息。而父亲俨然是这个王国的王，戴着“轻纱如梦”的王冠，指挥着他的千军万马，成就着他的辉煌梦想。

我的爷爷是一个卖菜籽的老农，在村外开了几畦菜地。春天里种上各种菜种，只待它们开花结籽，然后收割、晾晒，这样的过程一直要持续到深秋。也许，正是因为花香的缘故，总是有许多蜜蜂从菜地追寻到家里，嗡嗡嗡闹个不停。总想像捕蝴蝶一样，捉几只玩玩，但那些身手敏捷的蜜蜂却像看穿人的心思一样，故意戏弄人一番，碰碰你的手臂，然后拍动双翅飞走了。偶尔，有一两个不懂事的，被人捉住了，也总是让人猝不及防地狠狠蜇你一针，在你龇牙咧嘴跺脚喊疼时，它耷拉着针勾带出的内脏，走不了几步，就倒身而毙，颇有一些玉石俱焚的壮烈。

那年夏天，菜地旁边一棵巨大的槐树上挂着一个急速膨胀的蜂球，先是鹅卵石般大，接着成群结队的蜂群像被魔力召唤了一样，纷至沓来，滚雪球一样，眼看着就成了篮球那么大，紧紧抱成一团。爷爷说：“一

花香　王晋东摄

定是蜂农看顾不周，一个蜂群出了两只蜂王，彼此势不两立，一只蜂王只好带了它的子民，另立山头。”父亲在爷爷的身边，拨弄着那些成熟的菜籽，说：“咱们收回去吧！”

绑着笊篱的竹竿，淋了浓度甚高的糖水，吊足了蜂王的胃口，不大一会儿，这个战斗力极强的集团军，终于在蜂王的带领下，全军投诚。它们密密麻麻、里三层外五层裹在粘着蜜糖的笊篱上，然后，被爷爷小心翼翼地放在一只挂了七八个洒满糖水的蜂巢的蜂箱内，这些莽撞慌乱的家伙们，在蜂王的带领下，安营扎寨，有了新的家园。

爷爷在世时，每年春天，当田野上盛开第一朵野花时，嗅着花香，爷爷便开始寻找当年花期较长、花源较盛的地方。一旦选好，父亲和爷爷在春夏两季便和蜜蜂在大山深处安家落户，搭起帐篷，支起锅灶。清晨，树林里知名或者不知名的鸟儿叽叽喳喳梳理着羽毛，在树枝上跳来跳去。看着它们一个个美丽的身姿，不由得让人手心痒痒，在方圆百米支起大网，网里洒些小米和稻谷，总有几只胆大的“红顶”飞下来，试探着吃上一两口。这时候，你最好不要惊动它们，半个时辰过后，越来越多的鸟儿相互招呼着落到地上，蹦蹦跳跳小心啄食，只要你足够有耐心，这时候猛一收网，成百只小鸟便在网中了。百灵鸟最多，挑一两只出来，养在屋檐下，鸡蛋黄和着小米精心地养着，调教两三年，让爱鸟的你爱不释手。笼子里安了浮石做的登台，百灵鸟只要上了台，品位自然也上来了。更令人叫绝的是这些经过训练的鸟儿心灵口巧，学什么像什么，喜鹊的叫声、麻雀的叫声，甚至是猫叫狗叫声也学得惟妙惟肖，足可以以假乱真。不过一旦学了猫叫和狗叫，在行里就算脏了口，品相再好，身价也低了许多。网中也有一两只性格倔强的百灵，总是一头使劲撞在拉起的网上，头破血流，看来“不自由，毋宁死”，动物也是如此啊。这时候，即便留下它们的小命，也难以驯养，只好把它们挑出来，放归山林。

于是，在整个放蜂的季节，在蜂群附近不远的几棵槐树上总是挂满了装着百灵的鸟笼。待到白露过后蜂群回家时，这些鸟笼便会最后剩下一两只被蒙上了深蓝的罩布，在一个月朗星稀的夜晚连同队伍庞大的蜂群回到了空落多时的小院。

放蜂的季节，罗网捕鸟的事情固然让人快乐。但最让人心驰神往的还是在大日头下蹲在蜂箱前，端着蜂巢观看厚厚的蜂蜜塞满了巢孔，用锋利的小刀割去巢窠，架在甩蜜桶的架子上，吱吱呀呀摇一上午，看着香甜稠密的蜂蜜从桶口的小孔流出来，汗也从额头流下来，真是甜到了心里。这时候是父子俩最高兴的时候，尝一口蜂蜜，一个说是带有槐花香，一个说是含有枣花味，皱着眉头尝尝再尝尝，自己也搞不清这深远悠长的甜味究竟混合了大自然什么花草的味道，争论着，一直争论着，直到忙碌到深夜。

爷爷去世后，父亲没有再和蜂群出过一次家门。那些蜂箱整齐有序地排列在小院里，而他自己则像一个将军从早到晚不时检阅着他的部队。

而母亲，居然从一个原来见着蜜蜂就大呼小叫，抱头而逃的妇人，成了父亲的得力助手和参谋。在父亲戴上网眼帽走向蜂群时，她便像影子一样随着他。他细细端详的蜂巢是她从蜂箱里拿的，他割巢窠的利刀是她递的，蜜蜂围着他转，也围着她转，在吱吱呀呀的甩蜜桶前，父亲和母亲收获着甜美和快乐。

摇下的蜂蜜大都是被七十岁的母亲沿街串巷卖出去的，每到黄昏，只有父亲和他的蜜蜂在家里等着母亲推门而入的一刻。

豆芽

我喜欢豆芽，它粉雕玉琢，晶莹剔透，干净纯洁的样子是别的蔬菜没有的。只要经过水的浸泡，不论是长在拙朴粗笨的瓦盆，还是细白美丽的瓷瓶，它同样能生根发芽，茁壮成长。只是如果不给它的头上施加足够压力，生出的豆芽，便大多疲弱细长，味道也大打折扣。相反，你要是在它的头顶压上一块恰当大小的石头，豆子虽然长得慢些，生出的豆芽却鲜嫩异常，香脆可口。

家乡的夏天，黄瓜、西红柿、芹菜的影子经常能在饭桌上出现。即便如此，讲点排场的人家，也总会隔一两天就生盆豆芽。下酒是最好的，凉拌一盘，滴几滴老陈醋，爽口而绵长，喝酒的男人们有时禁不住咂咂嘴，陶醉其中。遇上邻家有小孩过生日，送盘豆芽菜，那是最好的彩头了。家乡人都盼着自己的孩子像盘中的豆芽，天天长，时时长，一天一变样。

每年的腊月二十三灶王爷一上天，奶奶就张罗生豆芽。器具是早备好的，一个用了不知多少年的墨色小瓮，油亮光滑，距离瓮底两寸距离，留一肚脐般小孔，装一升匀称干净的绿豆，凉水泡软，压一块青石。

每天早晚各一次，上端从瓮沿注入凉水，下端从小孔流出。如此反复，一个星期左右，恰是过年前后，齐刷刷的豆芽长至瓮边，倒出来半寸来长，碰一碰都要流出水来。小时候，就听人说，这过年生的豆芽很有些说道，从换水到出瓮，外人是不让见着的。白白胖胖的豆芽预示着来年的好兆头。相反，那些生坏豆芽的人家，唉声叹气，不说心里也膈应。豆芽生得好，是女人的本事，也是全家的喜事。豆芽出了瓮，进东家、出西家，它像个和平大使一样备受欢迎。剩下的豆芽，挑拣干净，浸泡在水里，撒一把盐，天天换一次水，让你一个正月总能吃到香脆可口的豆芽菜，醉在其中，乐在其中。

二月二，龙抬头。留下的豆芽自然还会被摆上炕桌，吃了这一顿，年就算过完了。春天就要来了，没有吃完的豆芽重新换过水后，洒上一些醋，酸是酸了些，但还能吃个个把月。况且是过年剩下的，农村人图个吉利，是万不能丢弃倒掉的。

天气回暖，等到野蒜露头、耕牛满地时，生一盆豆芽，招待帮工撒种的乡里乡亲是十分令人长脸的事情。搓上一份地道的红面鱼鱼，拌上一盆搁了葱花的豆芽菜，再炝上一小碟代州朝天红辣椒，看一眼赏心悦目，十来个人围坐在七尺大炕上，直吃得头冒热汗，掏心窝的话也越来越多，人心不知不觉中又靠近了几分。

如今，出门在外，我时不时想起家乡的豆芽，想起了忙着生豆芽的父老乡亲。他们的日子早已过得富足而惬意，腰包也愈加鼓胀了起来，但大鱼大肉肥厚甘香的味道还是远不如白嫩可口的豆芽招人待见，它还是恒久地占据着人们最敏感的味蕾，香在心里，留在梦中。

狗娃

狗娃不是狗，是人。

去年，大冷的天，狗娃走了。一根结实的红裤腰带一头栓了枕头搭在炕沿边，另一头勒紧了他自已的脖子。谁也不知道他是什么时候吊上去的，当人们发现他的时候，狗娃早已通身透凉。

人们都说狗娃是个明白人，死得硬气，死得体面。要不然，孤身一人的他还不知要受多少罪。

我认识狗娃的时候，他已经有三十多岁了，无妻无子！听我奶奶讲，狗娃生下来的时候，是家里的第二个儿子，父母嫌他多余，也不管他死活，寒天冻地就把他扔在了自家猪圈的棚顶上。也许是命不该绝，家里的老黄狗把他叼进狗窝里，几个时辰过后，人竟然挺了过来。狗娃奶奶说他命大，又因为老黄狗救的这一命，吴家的族里多了个叫“狗娃”的男丁。

狗娃一直没长开，妹妹骂他“碗高瓮粗”，受苦没力，当老财没福。骂归骂，狗娃却是从心里护着妹妹的。自小，村里哪个坏小子要是在妹妹跟前稍稍撩骚一下，狗娃就会把他的拳头举过头顶：“你狗的，过来，看不敲死你！”狗娃亲妹妹不仅因为妹妹是家里最小的娃，更因为只有妹妹天天和他有话说，哪怕是损他两句，狗娃也是心甘情愿的。哥哥和他小时候经常干架，先是因为谁少吃一个玉米窝头，谁多吃了一碗高粱鱼鱼。后来又因为谁少挑了一担水，谁多送了一挑粪，谁要是眼一翻，另一个立马应招。你捋我绺头发、我绊你个跟头成了家常便饭，他妈拉不开架，气得跳脚骂一声：“仇人结弟兄，真后悔生下你们这些犟种！”二十来岁后，哥哥在镇上看林子，不常回家。

慢慢地，父母老了。家中事务多由狗娃来应付。

再后来，就有了嫂子。

嫂子说，打进门那天起，狗娃就没给过她好脸色。老大不在家，嫂子没有做主的。狗娃对她这个外人，上看下看、里看外看，横竖都不顺眼。他常在爹妈跟前说：“一个外人，就不能惯着！”嫂子生了小侄女，做公婆的本来备了满月酒，可狗娃说：“一个丫头片子，有啥显摆的？油也贵，面也贵，肉也贵，等添了男娃再说！”除了挑刺，就是挑理！狗娃娘给月子里的儿媳妇蒸了一升面的麻油花卷，狗娃当时倒是没说啥出圈的话，可是他在他娘挖过面的面缸里来回戳了好几个手印，算是记号，戳完了在院里就喊：“大大，怕那老耗子偷面，我在面缸按了手印，那耗馋的，再偷，放耗夹子夹死它。”

嫂子听见了，下次见狗娃的娘就说：“我也没啥毛病，以后家里吃啥，我就吃啥，省得人家说闲话。”嫂子说：“不稀得跟那个阎王闹腾，还以为我怕他？”可不是吗？慢慢地，狗娃就觉得自己是家里的霸王，谁也得听他的！狗娃爹说：“狗娃，你都快四十了，好歹成个家，条件不要太高的！狗娃说："娶是娶。可是要娶个云南贵州来的，与其熬煎还不如这好哩！"嫂子听说了，有一回，晚饭后还跟自己的丈夫叨咕狗娃："看你那兄弟，也不看看自个儿那'三寸丁'，有人跟就不赖，还挑三拣四！"老大听了，顺手把嘴里的烟杆取出来，"咚咚咚"在炕沿边敲几下，吸溜一下鼻子，撂下一句："灰货（坏东西）！睡！"

人说狗娃心眼多，聪明，学啥都快。生在农村的狗娃会扎纸扎、会捏面人、会剪窗花、会腌菜、会踩糕、会批八字。是啊，大伙儿就说："狗娃还有啥不会呢？哦，好像不会生娃呀！"人到壮年，狗娃俨然是村里不可或缺的人物。红白喜事谁家能缺了什么都会的狗娃呢？人说狗娃是滴水不漏的好总管，越是排场大的事宴，狗娃越是把自己的聪明才智发挥得淋漓尽致，越是让人们暗中叫好。可是他们谁知道狗娃为了当个好总管少睡多少觉，多走多少路，多费多少唾沫星子呢？狗娃就是我们镇里行走的人脉。当了总管的狗娃云烟一抽，靠背椅子一坐，烟圈一吐，谁敢说他矮人一截，谁又知道他矮人一截呢，谁又在乎他高矮胖瘦呢？

忙碌一生，爹娘没等到狗娃娶到他想着的"好媳妇"，他们把狸猫、黑狗，还有看得见、更有说不清的家业留给狗娃。

狗娃还是一个人。真正的一个人！

狗娃的家是不欢迎哥嫂的。过去不欢迎，以后也不会欢迎。

狗娃现在也学会了喝酒。醉酒了，狗娃会和自己的猫猫狗狗斗嘴，骂它们不争气、不乖甚至不死！猫狗们就那么受用地听着他发泄。有时候，狸猫会不识时务地蹭他脖子、钻他被子。黑狗则会低垂着头，偶有点小动静，就会“汪、汪、汪”叫个不停，守家护院本就是它的“狗责”，谁让它吃着狗娃的饭呢?

狗娃那么精，怎么会没有自己的孩子呢?可是，狗娃真的没有自己的孩子。

我的隔壁三婶，就说过狗娃曾经托她从娘家村里替他收养个女娃。等到孩子抱来了，狗娃却打了“退堂鼓”，说什么也不要了。呵呵，人精啊，莫不是怕人说拐带儿童?说不定呢!问他为啥，狗娃撸起袖子伸出拳头:“看看，看见没?肉厚!”哦，狗娃是说他有货，有身家，因着肥厚的家底，以后，狗娃老了，能受制?

狗娃，终是没个后。

人算不如天算，狗娃肉再厚，可是他算准的那些人偏偏是吃素的。

狸猫能做个伴，黑狗能看个家，可是狗娃有病了谁来给送药端水呢?生前不过如此，身后呢?狗娃是真怕了。

串门的人都说狗娃老了、呆了、痴了!

但狗娃会说，公家每月还用几百块钱的低保养活着他这个没用之人!

狗娃的丰厚家底呢?他不是说自己的拳头“都是肉吗”?谁吃了他的“肉”呢?谁知道呢?

再后来狗娃也懒得骂他的猫猫狗狗了，猫天天在外打野食，十天半月不露一个面。黑狗呢，早就饿得抬不起身子，瘫在那里，死亡似乎就是须臾之间的事儿。要是，你随手丢它一点吃食，它挪过来，一小口一小口地咂吧，好像是没有足够的力气咀嚼，也或者是想好好品尝一下，激活几近麻木的味蕾。吃完后，它会努力来回摇着尾巴，向你示好，更像向你表示感谢。拴它的铁链偶尔还会叮当作响。

狗娃没有力气喂养他的猫猫狗狗了，他的猫猫狗狗也都老了，老得连翻身哼哼的力气都没有了。

狗娃走了。听说葬在了乱葬岗。狗娃终于有了自己的老婆，跟他合葬的是一个被称为“爱莲”的二寸小银人。但愿，下辈子他也能有自己的孩子吧。

狗娃住过的院子少有人来，猫狗亦不知所终。当年，他亲手栽下的核桃树，叶子被冬风吹得一片不剩，只有落满地的核桃会硌得人的脚生疼。

故乡的端午节

“门头贴符旁插艾，儿童背马挂香袋，腕绕胸配五色线，耳夹艾叶雄黄在”。每当想起这句打油诗，就想起我的故乡代州古城一年一度的“端午节”。

四月底，粽叶在街上便有了身影。动手早的家庭主妇，早早就会备足了糯米、黄米和红枣。人口多的，必得空出来一整天，摆开阵势包它几锅！粽叶的色气要正，叶身要长而宽。用时要在水里泡个透，一来可以保持干净，二来增加了粽叶的韧性。捆粽子可以用细棉线，也可以用一种专用植物的茎叫马莲。你看，一片粽叶在那些老太太巧媳妇的手里，一折又一折，就包成了一个个形态各异的粽子。看那外形就知道粽子的出处了。菱形的、方的大都出在地道的代州城，尖的、三棱的总是出在代州和原平交界的地方，而原平人大部分包出来的粽子就像一顶尖尖的帽子，凌厉、突兀，像极了那一方人的性格，直来直去，雷厉风行，人们又送它一个专用名字“狗头粽子”。粽子的外形，就像另一种语言，告诉你生在何方，住在何处。

代州的“端午节”从五月初一就能感受到浓浓的节日气氛。在太阳未出之前，孩子们的手腕上、脚腕上都要缠上亮丽斑斓的五色线，那不会走路的孩子胖乎乎的小腰上也要缠上显眼的一根，孩子咿咿呀呀说着大人们听不懂的话，胖胖的小手在肚皮上抓来抓去，这样温馨的场面总是让人的心里充满了快乐满足。据说，只要你缠上五色的花线，就能躲避五毒的侵害。女人们总是拿那些倔巴的男人没办法，明目张胆给男人拴一节五色线，总会换来一些不愉快。于是只能悄悄地给丈夫不起眼的扣子底下打个五色线的结，求个心里安稳，盼着他出门平平安安。男人早上看见了，嘴里没说什么，心里却暖暖的。自家的门头上，小孩贴身的短衫和背心上还要缀上一道“符”，这样的“符”大多是用红纸，做成佛家的“卍”字形，也有的用红布或者黄布做成神形兼备的马，只盼着孩子们能像这匹奔腾万里的“骏马”，大展宏图，平安长大。

艾草是“端午节”的重要角色。初一的早上，家家户户门头上总要插满还带着露水的艾草。一开门，满鼻的清香，上了年岁的老奶奶也一定要在满头银发上别几片艾叶，偷偷看着镜子里的自己，不由得抿着嘴笑了。其实，不管是家门上的艾叶，还是老奶奶头上的艾叶，一样的是为一个谐音，艾叶艾叶，人见人爱。

粽子是“端午节”的主角，更是节日里最重要的使臣，它是友谊的象征。往往是张家的粽子进了李家，李家的粽子进了王家，王家的粽子转一圈又到了张家。不管是谁家的，送出去的是情，收回来的还是情，吃着嘴里的粽子自然会说到那些送粽子的人。张三家的小儿子怎么没觉着就长高了，都快娶媳妇了；李四家的小闺女出落得像朵花一样，听说大学都毕业了，闲聊成了祝愿，祝愿变成思念，亲的、近的都似乎活生生站在面前。

初五早上，是“端午节”的正日，孩子们拴在身上的五色线要在太阳还没有出来之前埋在车渠里，经过千车碾压，万人踩踏，就会消灾避难，四季平安。身上缀着的“符”，身后背着的“马”要是都还囫囵着，都会被重新收起来，待到来年重新派上用场。门头上的艾叶早有些枯萎了，微微的依旧有香气袭来，心细的摘下来碾成碎面，泡茶喝，据说能养心安神。

每到“端午节”吃到母亲亲手包好的粽子，眼前总会出现这样温馨的一幕：在宽敞的屋檐下，母亲弯着腰，一手捞着浸透的薏米或黄米，小心地放在粽叶卷成的包裹里，多少次地翻折，多少次地捆绑，多少次心里默默地数着数。屋外的土灶，正燃起了大火，父亲汗流满面地加柴，他朝着母亲喊：“这锅快煮好了，下一锅准备！”母亲则答道：“知道了，马上就好！”出锅，又出锅。一连出了几锅。扳着指头想，送儿多少，送女多少，送亲送友多少。累了，实在是累了，互相捶捶腰，但想到每个人吃着粽子那津津有味的一刻，早已忘光了所有的困乏。

要是在“端午节”哪个儿女全家来，母亲定要把包出来的粽子让父亲端上桌，一边笑盈盈地看着每个人的吃相，一边叮嘱“小心啊，枣核”！这样的情景年年如此，粽子是那样的香甜，心里却是那样的温暖。

去年，母亲已不能利利索索包好一个“光眉俊眼的粽子”，母亲是那么的难过。她老了却不服老，更不想老，谁让她是一个母亲呢？

花开书香　一路芬芳

小时候，父亲在外地工作。母亲一个人带着我们姐弟三个，在乡村艰难度日。

母亲没有其他爱好，她最高兴的事莫过于每月初去镇上邮局取回父亲给她邮寄回来的书。书很杂，文学方面的最多，比如《红楼梦》《家春秋》《第二次握手》等。每当做完家务，母亲就会把这些书放在膝上或枕边，一页页翻看，精彩处会欣然点赞，落寞处也会黯然伤神。还记得母亲曾为《第二次握手》中主人公苏冠兰与丁洁琼深深相爱，却不能有情人终成眷属而泪湿沾巾，最后又为他们为祖国无私献身科研事业而肃然起敬。母亲能忍受十多年来夫妻分居两地的诸多不便，一直支持父亲尽己所学、为铁路建设贡献自己微薄力量的一个重要原因，也许也是深受其中影响吧！

随着我们的不断成长，不知不觉中，父亲邮寄的书中多了一些儿童读物，《少年文艺》和《儿童文学》成了仨姐弟那时候各自私属的精神花园，书一到家各抢一本。找一个僻静的角落，你可以和书中的阿猫、小狗对话，你也可以和任何一个生命成为知己朋友。在书中，草有精神树有情，云有性格风为马，这每一页书，每一个字，让我们内心唯美，天空辽阔，也让我们目光坚定，梦想美好。

上中学时，我心怀仰慕，在文学的殿堂日夜遨游。有书陪伴，我无舟、无车便可远足江湖；有书陪伴，我无酒、无宴便可高朋满座；有书陪伴，我不再孤独，只愿岁月静好，生命如兰，悄然绽放。

翰墨闻香、月下独酌，我开始以一个小女子的情怀和敏感触摸人生。久病，书中寻乐，我不悲凉；落榜，书中有路，我不沉沦。这人间，即便山高路陡，用心找也总会有通途小道。虽竹杖芒鞋，却也能笑傲天涯。

先生和我相识于一书店。文学专业考试后，我去书店找三毛成套全著，老板说“刚卖完”，我叹口气，正准备走出书店。这时，他走过来，手里拿着我心仪已久的那套书，轻声说：“刚好听见你也想要这套书，你先拿走吧！”怎么好意思呢，我推让了几次，最终还是留下了。临别时出于礼貌，给他留了电话，说好，他需要时可以随时来拿。

没过几天，他真来了。敲门，我有些惊讶，看着他手里的《全唐诗》，则又有些惊喜了。他留下了我喜欢的书，顺带也带走了他喜欢的书。一来二去，彼此渐渐熟悉了、知道了、也懂得了。原来世界上还有一个人和自己有一样的爱好，一样的情趣，甚至一样的心智。好了，你的便是我的，我的也便是你的，我们合二为一。

花的幽香，茶的淡香，酒的醇香，书的墨香，在瓜田豆架下，由蝴蝶调成幸福的气息，微闭双眼，我不由日日醉在习习春风里。

世俗烟火可以焚烧激情，让人断了许多念想，唯有书籍独具辉光，无限延伸心中所乐。

婚后，我和爱人工资低，吃饭都成了问题。记得为了过过烟瘾，他和同事两个人合买一包七角钱的大前门，一人十根，分开来抽。我们连续三个月将土豆当救命粮、救命菜，蒸土豆、炖土豆、放一把盐熬土豆，吃饭时，谈天说地，其乐无穷。夜晚，两个人各捧一本书，斜靠在枕头上慢慢来品，书中珍馐一一遍尝，窗外月光融融，岁月依旧甜美而温馨。

那年，我做了个小手术，疼痛不已。看我难受的样子，爱人从家里带了一摞书过来，同房的病友笑他脑子不够用，书能止疼？他不说什么，把我看了一半的《白鹿原》递到我手里，我硬撑着身子半坐起来，渭河平原五十年的风云变化、白鹿两家的命运沉浮及最终归宿深深吸引了我，我沉浸其中，不再流泪，也不再喊疼。连大夫都说一本书成了我的特效“止疼针”。

做了母亲后，有一次，孩子躺在怀里，吃着奶，我一边哼着安眠歌，拍着他，一边忘情地浏览着面前的美文。婆婆喊我吃饭，我却一点也听不见，直到婆婆过来笑我“咬文嚼字当干粮”，才回过神来。

儿子上小学时，家中四壁都打了高高的书架。如今，儿子将要高中毕业，那些书架都挤得没有一丝缝隙。儿子爱书，胜过一切。参加奥林匹克生物竞赛获奖回来后，他第一句话就说：“爸爸、妈妈，我那些书可真的没白读，获奖就是因为我看的书多，知道的也多。”是啊，从小耳濡目染，儿子比我们更加喜欢书，也更加依赖书，没有兄弟姐妹的他，从骨子里把每一本书都当成至爱、至亲。

循着书香，一路走来，处处鲜花盛开。

参加工作后不久，正赶上单位举行辩论比赛。我一路过关斩将，杀出重围，最终站上了领奖台。许多人不明白一个新职工怎么能把那些经验丰富、专业知识全面的老职工驳得一言不发，心服口服。他们哪里知道在赛前的许多个日夜，我已利用书中所学，和台上的对手打过无数次擂台，知己知彼，百战不殆。

如今，学有所用，学有所成，我在自己的工作岗位上赢得一片喝彩。

因书不惑，我倍感幸运，无数次面临逆境而柳暗花明。

以书为梯，我凌云直上，胸怀锦绣，领略无限风光。

以书为乐，我身处芳泽，年华莫负，一路长吟凯歌。

记忆中的电影院

小时候，我是在农村长大的。野草、野花和高大的穿天杨伴随着我的童年，小河、小猫和可爱的小黑狗多年以后还总是在梦中出现，童年是如此的令人快乐和难忘。

儿子尚是七八岁年龄，却像一只蜷缩的蜘蛛，被我强行关在了家里，而他只能选择做一只找寻快乐的“网虫”。夜晚，在月光下，看着他乒乒乓乓的厮杀与喊叫声，痛快淋漓倒像一个扛着冲锋枪的士兵。儿子累了，歪过头问我：“妈咪，你小时候上网不？”我说：“妈妈小时候只知道渔网，不知道你说的上网，不过我们有电影看。”一听看电影儿子便有了兴致，于是往日的电影院从尘封的记忆中渐次清晰起来。

背着花布书包从村里唯一的一条正街经过，便见两颗老杨树上扯起了白底蓝边的幕布，于是撒丫子就往家跑，还没进大门就听见大喇叭上队长在喊“社员同志们，今儿晚上在学校门前演电影，早早吃饭，早早来看”。妈听见了冲我笑笑：“别着急，一会儿妈带你去。”心是早就不在家里了，抱个小板凳左催右催拉着妈的手从家里出来了。

时候尚早，“电影院”里人还不算多，只有同我一样的小孩们叽叽喳喳吵闹个不停，幕布前面是一排排大小不一、形态各异的凳子和椅子，紧随其后的是用砖头撑起来的长木板，这是专为那些未带坐具的人准备的。其实，这些座位大都是给隔壁邻村的村民坐的，有的人还要细心些，因为椅子和凳子大都是有了主人的，木板上便被放上了一块石头、一张报纸甚至一捆茅草。张三放的，李四绝不越位，真正的各就各位。实在没地方了，只要见你站着，大家往里挤一挤，总有你的座位，如果你是外村人，还会送你一张笑脸，不会欺生。

当晚，乡村放映员是最受礼遇的贵宾，他的工具箱就在离幕布不远的的村中央。他没来时，即使是村里最淘气的小男孩，也绝不会随意乱动他的任何东西。放映员被村长安排“吃派饭”，被派了饭的人家不仅经济条件好，而且他家的女人一定是最干净利落的，饭菜口味也一定是数一数二的。谁家要是被派了饭，就好像是中了“头名状元”一样喜形于色，想方设法也要完成好这项“军事任务”。那时白面大米是稀缺货，一般人家餐桌上是很难见到的，这些巧手的管家婆最拿手的就是粗粮细做。高粱面搓成的“鱼鱼”从锅里端出来，细如银丝的粉丝冒着热气，令人食欲大增。要是赶上春天，地里的野葱、野蒜，还有树上的杨柳嫩芽都要上了餐桌，和鱼鱼拌在一起，让你吃得肚子滚瓜溜圆；夏天自然更是丰盛些，自家地里产的黄瓜、西红柿、芹菜、芫荽、韭菜应有尽有，这个盘子夹一筷，那个盘子夹一筷，光是那鲜亮的颜色就叫人不忍放下举起的筷子，尝尝这个，尝尝那个，不一会儿就饱嗝不断；秋天是最不发愁的，瓜果梨桃紧着吃，吃饭之前早饱了几分；冬天青黄不接，翻来覆去的白菜山药蛋，不过经这些女人们精心调制，就成了一道道味道鲜美的小菜，麻花土豆丝，夹一口放到嘴里，管保你三天也忘不了那醇香独有的味道，嘴巴里所有的味蕾都被调动起来，隔着几十米就能闻到那山草似有似无的气息，令人回味无穷。酸辣白菜，由不得你流着泪吃了一口，吸溜着还想吃一口，又一口。最特别的是一年四季的老咸菜，那也是代州人地道的特产之一，所有的蔬菜似乎都是代州人黑漆漆瓦缸里的一道道美味佳肴。家家户户都有一只属于自家的大缸，放在小南房的门后，一家一个味道，你只要品品那腌菜的老汤，就会知道这是哪个婆娘的手法。萝卜、豆角、黄瓜、白菜帮子、萝卜缨子、芥菜、擘蓝甚至没有熟透的绿西红柿、带霜的成不了气候的小茄子，一股脑儿全被聚在这八斗大缸中，与其说是大杂烩，倒不如说是聚宝盆。然后加入适量盐、花椒、大料、茴香、老黑酱，有的人家还要放上一种特别的植物“苦豆”，这样腌出的咸菜香脆可口，被那些巧媳妇们，切成丁、切成丝、切成方块、切成菱形、切成锯齿形，有的还要旋成圆形、奇形怪状不下十余种，再拌以香油、芝麻、葱花、辣椒，花红柳绿任你是世外奇人也要多看几眼，吃在嘴里更是让人回味悠长。代州的咸菜昔日是招待尊贵客人的，如今都算忻州地区的物质文化遗产了。

四平八稳地吃完饭，放映员已经和派饭的人家交上了朋友，七姑八舅、春种秋收、信马由缰地胡侃海吹，直到洗净碗筷，一行人才有说有笑地走来。观众是最性急的，有的人干脆喊起来“快点哇”，放映员马上回一句：“投胎呀！”人们“轰”一声全笑了。支上凳子，装好胶片，电影终于开演了，其实，就是这部《咱们村的牛百岁》早就演过五六次了，可大家还是看得津津有味。随着上面的镜头，下面就会有人情不自禁地评论和介绍，“下面有人要来砸锅啦”！“小寡妇快上场骂街啦”！有的人还要做一些比较，“牛百岁像咱村村主任”，村主任听见了就问“村主任是好是坏”？后生们喊一声“好”，村主任把旱烟袋在凳子上敲一敲，心满意足地笑了。

当年的电影院成就了许多的美满婚姻，平时同年仿岁的男女青年是少有胆量走在一起的，演电影时就成了最准时的约会。而且即便是肩膀挨着肩膀坐在一起，也不会让人说三道四，嗑着还带着热气的瓜子，彼此心照不宣。有的电影还没散场，就在月影依稀的河边柳树下，谈谈心，说说话，夜是越来越晚，心是越来越近。估摸着快演完了，就又回来看，座位早就易了主，却不会有丝毫的气恼。这种机会是不常有的，大人们往往不会在这时候落个“不明事理”的恶名，所以年轻人是最盼演电影的。电影演完了，人们都陆陆续续地往家走，邻村的有的会住在亲友家，大多是睡意蒙胧往家走。我小时候跟着大人到邻村看电影，好多时候是被大人牵着手、闭着眼回家的，比我更小的孩子则是睡在大人们回家的背上。

记忆中最后一场电影是日本片《望乡》。邻村演过好多次，我们村也不是第一次了。因为片子太长，加上村里已经有了电视机，能让人坐在炕头上看，所以观众稀稀拉拉的。孩子们有的还在幕布前跑来跑去，长长的影子遮盖了大半个幕布，只闻电影声，不见电影人，不过却没有人呵斥。上了年岁的老人们大都窝在家里，不像从前一样，也来凑热闹。早已记不清影片催人泪下的情节，只记得可怜的阿香婆和陪伴她的数不清的猫。

如今，爱人说为了看《指环王》这场大片，他花了八十元钱在西安的一个大影院观看，怪兽让人有身临其境的感觉，场面是惊心动魄的，却怎么也没有小时候搬个小板凳，在村里看电影的感觉舒坦、实在。听他这样说，眼前立刻出现了在学校操场前看《少林寺》的场面，一排排的小木凳、一阵阵的叫好声，男女老少如痴如醉，恨不得谁也当一回少林大侠，打两拳，踢两脚，扬我国威，耀我中华。真是热血沸腾，气壮山河啊。

苦菜

早上往家里打电话，问起母亲吃什么，她欣然回我一句："猜猜看？"说了许多的美味佳肴，却都不是正确的答案，母亲卖我一个关子，拉长了声音："苦菜。"

是啊，苦菜这东西从过去的苦出身，如今来了一个华丽转身，成了饭桌上的"香饽饽"。

小时候，春天一来，我就挎个大竹篮，和小伙伴们三五成群到田间地头挖苦菜。松软的泥土里，藏着它们白白嫩嫩的身躯，有的独立成株，有的在地下根根相连，盘根错节，但我总是很小心地将它们采摘出来，唯恐弄断了根叶，一把把码好，整齐地放在篮子里，有时候累了，就在地埂上跷起腿，仰面朝天，甜甜蜜蜜地打一个盹，调皮的小伙伴有时会在你的发梢别一朵漂亮的小黄花，惹得蜜蜂嗡嗡围着你转。偶尔，也会有这样的新发现，整片的地里，绿油油的密密麻麻铺了一层，手紧着挖，还是挖不完，越挖越上劲，不知不觉就过了晌午，早忘了吃饭的时间，远远地听着大人们的呐喊声才晓得该是回家的时候了。把手里最后一棵苦菜按压到篮子里才恋恋不舍往村里走，篮子死沉沉的，一路要歇好几次，实在累得迈不开步子了，就想把岗尖岗尖的苦菜抓出几大把，可是想起了圈里哼哼的大肥猪、温顺的小羊羔，就对自己说："咬咬牙，一会儿就到家了。"

门一推，圈在圈里的肥猪和小羊便像约好了一样，向你争先恐后地打招呼：哼哼哼……咩咩咩……不绝于耳，似乎在说："我饿啦，我饿啦！"顾不得擦一把头上的汗水，就把还滴着露水的苦菜放到它们的嘴边。小猪娃迫不及待大口大口地使劲嚼吃，肚皮一会儿就滚瓜溜圆，哼哼哼往墙根一躺，悠闲地晒着太阳。小羊羔却像个淑女一样，面对美味佳肴，也会表现出她优雅的风度，叼一口苦菜，眯着眼细嚼慢咽，慢慢品味。我冲他们扮个鬼脸，冲到灶台前可劲喝下一碗碗飘着苦菜叶的米汤，吃一口拌着苦菜叶的玉米饼，就连小菜也是凉拌的酸酸咸咸的苦菜。在乡下，除了冬天，家家的饭桌上总有苦菜的影子，在那个年代，苦菜能顶半年粮，是地地道道的"救命菜"。

后来，随着机械化农业种植的普及，春天依旧如约来到，但在日日夜夜的深耕细种中，粮食蔬菜年年高产丰收，苦菜却日渐稀少，以致到了现在，苦菜已经不可能遍地生长了。嘴实在馋了，你得寻觅许久，即便是在地埂上，也很难发现它们的身姿。就是偶尔小有所得，还得担心是不是被科学知识武装了头脑的农民，喷了高浓度的农药。观察许久，琢磨许久，才下定决心抠出几棵羸弱的小苗来，仔仔细细洗干净，伴了麻油摆上桌，依旧如"国宴"名菜般大受诸位"吃客"欢迎。

偶尔，在大街上碰到有菜农攥了一把把苦菜高声叫卖，满眼的肥硕黑绿总是会让人心生疑窦。在农药化肥里泡大的苦菜，全然没有了自己的本性，少了一份微苦和清香，吃起来索然无味。苦菜需有苦菜的活法和环境，否则，过剩的营养会使其失去本性，丢失了最可贵的东西，外表再怎么喜人，上当受骗两三回后， 就成了无人问津的“滞销货”。可是，造成苦菜今日如此凄苦的境遇，原因又不在它们本身。

搜索一下“度娘”，便知苦菜具有清热解毒、凉血、止痢等功效，主治痢疾、黄疸、血淋、痔瘘等病症。看看苦菜的药用价值，简直堪称“百姓神药”。又想到它有如此功德，如今却被埋没了身世，真是可惜。便对这山野小菜不由得有了很多同情，更多的是敬重。你看，即便被人毫不留情斩草除根，只要有一两根“漏网之草”，它也以顽强的生命力悄悄破土而出，栉风沐雨，不几日便会扩疆封域绿油油一片。

我常常梦到故乡田间地头的苦菜，还有那些曾经脸上挂着笑、挎着篮子挖苦菜的父老乡亲。

母亲的味道

儿子幼时像极了一只调皮的小羊羔，动辄便会赖在我的怀里，轻轻拍他一下，问他干什么？儿子深深吸一口气："我在嗅妈妈的味道。"我问他："妈妈的味道究竟是一种什么味道？"儿子说："你知道的，和姥姥的味道一样吧！"

母亲，已年届八十岁。如今，还在我的家里，在厨灶边，常常冥思苦想如何为大家做出可口的饭菜，即便是一盘老咸菜她也要做出不一样的味道。她要琢磨琢磨一根咸萝卜是切成条形吃起来鲜脆可口，还是切成菱形让人觉得意味无穷？是淋了香油让人不忍停箸，还是炝了辣椒夺人眼球。总之，她看着我们全家多吃一口她亲自做的饭菜，脸上便会笑开了花。其实，我知道母亲一直放心不下不会料理家务、照顾自己的父亲，但老两口看我工作繁忙，还是商量一番，由母亲暂时来应聘我的无薪"后勤部长"岗位，父亲则像个参谋长，随时提一些可行性意见，由母亲在实践中验证效果如何。我的苦乐酸甜成了母亲永远的话题，在电话里有时听见她跟父亲皱着眉头诉说我的烦恼，有时又听见他们痛快地笑着快意于我的快乐。

小时候，我不是一个让人省心的孩子。在奶奶家长大的我自然和母亲的关系较为疏远。母亲时常给我留一些可口的小吃，虽然被我狼吞虎咽地吃下，心里却想："这点小恩小惠休想收买我。"年岁渐长，奶奶要把我送到母亲身边。记得那一晚母亲高兴极了，她拿出待客的被褥，给我剥着刚煮熟的毛豆，一颗一颗送入我的嘴里，哼着眠歌。夜深人静，母亲以为我睡着了，提着盛满猪食的木桶到了后院，只这一会儿工夫，佯装睡熟的我穿着贴身的单衣短裤，不顾一切从村西窜到了村东的奶奶家。母亲回家后，摸一摸尚有余温的被子，却不见了好不容易哄回家自以为睡熟了的女儿。她跑到奶奶家，伸出手要接我回家，但我坚定地摇着头，任谁劝说也不改变主意。母亲放下我的衣裤，流下了酸酸的眼泪，一句话也不说，掩门而去。

上初中后，我在学校寄宿。离家十多里，母亲不会骑自行车，但她几乎每隔两天就要带着做好的饭菜步行来学校看我一次。她静静地站在校门口，等着我下课，以至于看门的老头每次说起她，都会竖起大拇指，说："当妈的见多了，这样为孩子牵肠挂肚的还真少见。"有一次，母亲给我送完饭后，已近黄昏，又偏巧赶上了一阵大雨，在宿舍的玻璃窗上我看到母亲向我摆摆手，自己则小跑着冲进大雨里，那个背影我一辈子也忘不了。那时候，家里没有伞，也没有雨衣，母亲就那样头顶着雷电，脚踏着雨水，天黑之前赶回了家。后来母亲跟我说，那时虽然有些害怕，但到底见到我好好的，心里还是甜甜的。

记得有一年，我没来由地生了一场大病。在医院里，只要见到穿白大褂的，她就跟人家作揖，甚至于下跪。也许是母亲的诚心，感动了神灵，我竟慢慢好起来。母亲在我的床边不眠不休日夜守候，我出院回家时，她瘦得整个人都脱了相，但她的目光总是不时地投在我身上，生怕一转眼我就长了翅膀“飞”了。

婚前，每当先生来家，母亲就像一个印度红辣椒，一次次对先生说道：“你可不能欺负我的二闺女，要不，我可要拼了命的。”泼辣劲儿呛得先生顶心入肺，虽没有指天盟誓，但到底也是精诚所至，金石为开，几番考验，母亲到底同意了这门亲事，但在先生的心里，母亲可敬、更可畏。

今年，母亲随我们一家三口出了一趟远门。在火车上，母亲像个充满好奇心的孩子一样，她兴致勃勃地欣赏着沿途风景，即便是在夜里，也兴奋无眠。屡屡起身将沿途的风土人情，都记在了随身带的日记本上，隔几个小时，便打电话向父亲报告自己的行踪和所见，共同分享旅行的快乐。到了成都的第二天，也许是不服水土，母亲高烧病倒了，我们的行程也由此耽搁数日，躺在病床上的母亲，少言少语，情绪低沉。等她稍好些，我们便结伴去了一趟峨眉山，谁知天公不作美，半路上下起了瓢泼大雨，连那久负盛名的峨眉金顶也不能一睹真容，只是听得见远处磬声入耳，母亲焚香虔诚礼佛之心竟因这场透雨未能实现。而我知道不管去了哪里，在哪尊佛前，只要母亲焚香许愿，她一定是为儿女祈求平安，为家中老人祈求长寿，为家庭祈求和满，而为自己祈求的一定是健健康康，这样她才能再为儿女们多操点心，为家里多出点力。

年复一年，日复一日。每一个母亲的身上总会淡淡透出为我们煮饭的味道、洗衣的味道、为我们牵肠挂肚的味道。那就是爱的味道，遍布在世界的每一个角落，深藏于我们的内心。她们用自己的苦辣酸甜，调和我们有滋有味的人生。而我们在一次次品评中，一天天成熟，慢慢长大，直到有一天我们为父为母时，才更加深深懂得母亲的味道是世上最独特的味道，她愿意将自己的全部化为每一个儿女一生品尝平安喜乐的一味佐料，而这却是身为一个母亲无上的快乐。这世上也唯有母亲的味道让人百般回味，常常入梦，直达灵魂。

和你聊聊胖子们

胖子多是些管不住嘴的家伙。他们只是些纯粹的“吃货”，在美食面前，胖子们从来没有拒绝的勇气，更不管自己的吃相。在胖子占主流的饭桌上，从来没有“斯文”二字，男人们酣畅，女人们痛快。满嘴的油，满肚的酒，说着七荤八素的话，时光便在胖子们的唇齿间悄然溜走。

胖子多是些没记性的家伙。胖子们有一句至理名言：记吃不记打。这话听着耳熟，可用在胖子们身上却也是再合适不过的。吃、吃、吃，是胖子们情绪发泄的常见方式。恋爱了要吃，失恋了要吃，金榜题名了要吃，名落孙山了要吃，加薪要吃，扣款要吃，相聚要吃，分离要吃……反正是吃的理由远比不吃的理由多得多。只要坐在饭桌上，胖子们彼此间必是道不尽的柔情蜜意，说不完的千种风情。谁尝过什么“鲜儿”，聚在一起必是要把这最好的“秘密”捂着嘴告诉关系最“铁”的那位。即便这群“吃货”们谁跟谁之间曾有过一些不痛快的过往，待到酒过三巡，眯着眼几句不咸不淡的数落，饭局罢了之时，相互勾肩搭背摇摇晃晃出来的几个胖子，必定是那天跳着脚吵得不可开交的

“冤家”。夫妻不记隔夜仇，胖子们连一顿饭的工夫都记不住，他们快速蠕动的肠胃不仅消化佳肴美味，同时也消化世间的爱恨情仇。

胖子们多是些头脑简单的家伙。十个胖子九个憨，这是胖子们共有的特点。不信你问问，有几个胖子记得自己兜里装着多少“家底儿”，不管多少，银子只要攥在 胖子们的手里，必定像流水般花个一干二净。我爹说我裤兜有二分钱也是睡不着觉的，连梦里都想着这二分钱的家当能买一小撮家乡土，吧嗒着个嘴巴能当茶喝。胖子们多是些“直肠子”，心直口快是胖子们共有的性格，胖子们喜欢直来直去，不懂迂回，他们大多是些一条道走到黑的“主儿”。在胖子们的心里只有鲜明的是非对错，中庸之道的处世哲学胖子们是学不会、也做不来的。所以，多半胖子们都有头撞南墙的经历，痛得彻骨，却又无可救药。

99% 的胖子都有一部减肥“血泪史”。在每一个胖子的生活履历中，都曾无数次喊过“将减肥进行到底”的口号，却也无数次主动缴械投降过。每一个男性胖子们都曾伤心面对着体检中心有关自己那些居高不下的血、脂、糖不合格的检查数据结果，眼瞅着高高隆起的肚子形似“孕妇”，在一刹那，简直是手握成拳、咬破嘴唇，誓拒胖男之祸，恨不得日行万步，顷刻间耗尽身上多余的“卡路里”， 变成一个“肌肉美男”。历经几番折腾，气喘腰困，汗流满面，精疲力竭，待站在电子秤上瞅瞅几日来一直岿然不动的数字，心如血泪般洗过，钢铁意志顿时如大厦之倾，颓然崩塌，在减肥的漫漫历程中，再不敢轻言上阵。女性胖子们，哪个不是心里时刻念着“一胖毁所有”的警世名言，哪个不在美衣霓裳前心有不甘，却又无奈望而却步。眼瞅着胳膊渐渐粗了，腰线渐渐没了，眼睛渐渐成一条缝了，登台露面的机会渐渐少了，昔日的挺胸抬头也变成了如今的低眉垂眼。不知不觉中，上衣、裙子的尺码渐渐大了，衣柜里的旧衣多了，一个人想着年轻时候的好时光，失意了，痛苦了，在那些扭着腰肢炫耀的同类们面前知耻了。想到一幅黛玉葬花的美图，若是换了自己必定成了“大象撼树”。想着，也是一跺脚要“知耻后勇”，可是，清汤寡水到底还是抵挡不住厨房里飘来的阵阵香味，要是碰上一个稍有良心的老公，宽宏大量来一句胖就胖吧，我不介意的，那你真恨不得对他磕上三个响头，这是遇上了千古明君、皇恩浩荡啊。记得婆婆在世时，常常看着我满身的肥肉，感慨万千：“媳妇啊，你可是我们家养活的好啊！”彼时，她老人家的小儿，抿着嘴不出声，坏坏地对我笑。可是这样由衷的夸奖，常常让我无地自容，恨自己真是长了人家的志气，灭了自家的傲气。如今，儿子的家长会我是能不去就不去的，满眼的半老徐娘，可是也一个个打扮得花枝招展，风韵犹存。只有我一年四季披着颜色不同、薄厚不同的“麻袋片子”，即便儿子和老公友好地称呼我为“大熊”，支持我硬着头皮向前冲。可是，想着在那一群明丽的花衣和凹凸有致的身材面前，我还是耸耸肩不战而逃。像我这样的胖女人，谁没在衣架旁立志减肥，饭桌前忘记减肥，饭后想着苦苦减肥。一而再、再而三地纠结于“长胖和好吃”的胖子们，终归是在失望和失败的打击中继续胖着。

但，胖子们也有自己的春天。历史上一些胖子就因为内心无求，反倒交了“狗屎运”。比如，明朝一位叫作朱高炽的胖子，据说因为他生性沉稳，深得皇帝朱棣的喜爱，做了明朝的第四位皇帝，虽然在位仅仅十个月，但为“仁宣之治”打下了基础，后人对他多有赞誉，这大概是地位最高的“男胖子”之一。还有唐朝的贵妃杨玉环，据说也是一个“胖美人”，因为善解人意，宠冠六宫，尊享皇后待遇。这大概也是地位很高的一位“女胖子”。现如今，男人娶老婆也不全是喜欢赵飞燕那样的， 有些男人宁肯找个胖子，称之为“四心夫人”，说这样的老婆是：放到家里安心，不买衣服省心，和人相处懂得关心，说起话来暖心。从古到今，听说过防贼、防匪、防抢的，从来就没听过谁用心去防胖子的。每一个胖子憨憨的长相，让人总是对他不由自主多几分信任，要是不小心成了一个胖子，也不必害怕成为孤家寡人。

想起来神佛中也有一位大胖子，双耳垂肩，笑容满面，俗称“大肚弥勒”，表示量大福大，提醒世人要学会包容。“大肚能容容天下难容之事，开口便笑笑世上可笑之人”，这是何等睿智、何等雅量？

但愿每一位坚强的胖子，都能有自己精彩的世界，并成为世界一道独特的风景。

情系铁路

七岁时，一向节俭的母亲决定带我们姐弟三人坐坐火车，那一天早晨像过节一样，我们都换上了新衣服，头发也蘸了水，抿了一次又一次，油光可鉴。

从阳明堡上车，只有一站地就到了代县，还没坐稳当，也没品出啥滋味，十来分钟就要下车了。我们有些磨蹭，又有些意犹未尽，因为停车时间短，怕过了站，硬被母亲拽下了车，依依不舍地回头看了又看，瞅着站台上站着的女服务员打心眼有些羡慕。统一的制服穿在她们身上，要多神气有多神气，还有那摇旗的，摆一摆，火车就停下来，再摆一摆，“呜”一声，又昂首前行，要多威风有多威风，母亲说：以后好好念书，就能和他们一样了。从此，那个进铁路穿制服的念头就在我心里生根发芽。五毛一张的几张软纸火车票被我们各自保存了很久很久。

父亲是子弟学校的教师，也算半个铁路人，每周回一次家，一张通勤票用一年，爷爷还会跟人吹牛：我儿坐车不花钱，哼！有专车的人啥级别？别人理不理他，无关紧要，反正自我感觉良好，牛气哄哄。因为父亲端着铁饭碗，我们的光景便比别人家略有宽余，不饿肚子，有时还能吃上火车上卖的大肉馅饼，香，实在是香。厚厚的皮，大块的肉，咬一口满嘴流油，看我们那副吃相，奶奶和母亲常常站在一边抿着嘴笑。因为父母都算文化人，我又常生些小病，家里就放一些从铁路医院开的药，街邻隔壁有个头疼脑热的，想到的总是我们家，安乃近、四环素总是有的。于是有人这样教育孩子："好好的，以后进铁路，啥也有，吃的、用的，坐车公家也管。"谁家闺女要是嫁了个铁路工人，那是很风光的事情。

九十年代初期，父亲的工资从八十几块涨到了一百二十多块，县里的书记和他是同学，也差不多一样的工资，回来跟母亲说，母亲又跟奶奶说，结果她老人家还以为和县委书记的待遇差不多，也是过去的"县太爷"了，悄悄问父亲，父亲才说差十万八千里。不过从这件事上，还是让人明白了一个道理：国家对铁路教师的待遇还是不错的。过去人家说，穷得叮当响的"稀粥行"确实是扬眉吐气了，"铁老大"真是走到哪都能挺直腰杆。我上初中时，同学们就很艳羡我的这种"铁路子弟"的身份。父亲的一顶棉帽，我带了三个冬天，帽徽很亮，我引以为豪。

一九九八年，我赶上了"末班车"也进入了铁路部门，成为一名普通的铁路工人， 也算梦想成真。那身曾经令人极其羡慕的铁路制服也穿在了身上，走在站台上却没有一点轻松的感觉，只有沉甸甸的责任担在双肩，怕这怕那，小心翼翼，优质服务与运输安全成了我们的天职，至此我才明白：铁路工人的一颦一笑多么重要，而他们手中的那面旗帜更是关乎着旅客生命和行车安全。

铁路工人也在改革的大潮中，经受着各种冲击和震荡。

父亲退休了，不再享受任何铁路待遇，医院和学校都被推向社会，主辅确实分离，他们有些不舍，却也无奈。但是铁路的风风雨雨他们依旧牵肠挂肚，因为大多数人的儿女和子孙还奋战在铁路一线，他们的青春和辉煌也留在了铁路。

我从山东回来，跟父母谈起从身边疾驰而过的“和谐号”列车，像一条银灰色的金枪鱼在海底快速游动，快而稳。母亲听后说：“要是现在，无论如何得让我奶奶坐回火车，最好就坐这种。”我又和他们说起在青藏高原看到的铁路线，多么绵长，多么高远。想象着筑路人的艰辛，想象着长眠在此地的勇士，还有那些无名英雄们的音容笑貌，沉默许久的父亲却说：“也就是这个时代能修这样的路，敢修这样的路，能修成这样的路。”

儿子也算铁路子弟，对于如今的豪华列车他没有太多的兴趣，只是缠着我讲那些久远的铁路往事，越老越旧的故事他越加入迷，如同听一个神话。也许将来他的孩子也会缠着他讲我们这一代人的故事，也会如痴如醉，因为他们和我们一样：骨子里流着铁路人的鲜血。

请爹吃饭

娘一早就打来电话说："你爹今儿前晌要过去。"到了十点二十三分心里想：爹就要过来了。眼睛就往窗子外面看，果然，看见爹一手提着一个竹编篮子，一手提着一个塑料桶，出了站，向我这边走来。我还像小孩子一样，喊了两声"爹"。他咧着嘴笑了，门牙还像上次一样缺着两颗。爹进了候车室，四处打量一番，我说："爹你找啥？"爹说："我站啥地方合适？别影响你工作。"这时，过来一位旅客，爹着急地说："快查查你的包！"我也赶紧礼貌地说："请上机查包。"爹说："别光顾说话，误了你的事，让人家说就不好了。"一边从篮子里掏出凉拌苦菜和红面鱼鱼，放在椅子后面，又把手里的塑料桶放在桌子下边。说："我走呀，你忙，你千万别吃凉饭，热一热。"我想送送他，刚迈步，他就说："别出来，坚守岗位。"眼看着他要出门，我喊声："爹，中午我请你吃饭。"爹笑笑："知道了。"

下了班，老远就看见爹推着自行车在站台边等着，看见我扬扬手，我跑下去，挽起了他的胳膊。他还是笑着，说："哎，我的闺女你怎老是长不大？"一路上絮絮叨叨："别去大饭店，随便吃点就行了。"

进了兰州人开的拉面馆，人很多，一进去汗就冒了出来，我往老板那看，老板就打招呼："来了，坐，坐，坐。"我一看，好家伙，大家都是低头猛吃，个个嘴上流油，头上冒汗。别说坐，连站的地都没有，我拽住爹就往外走，"这么挤，到别的地儿去"。爹没动，"你看，老板让咱坐，再等会儿"。然后，就在一张坐满人的桌子旁边老老实实站着，直溜溜，就像高中时候给我上课那个样儿，一本正经，一副拿定主意非此地不吃饭的样子。终于，这一张桌子的人吃完了，女人从精致的小包里掏出一卷香味扑鼻的纸巾，自己照着镜子仔仔细细擦了嘴，又递给男人和女儿几张，慢条斯理地抠起了指甲。我心里火急火燎，看看表，快一点了，于是走过去，向女人说："您能快点吗？"女人瞥我一眼："没看见没吃完吗。"我说："你准备还吃几个小时？"爹却跟人家说："不急，不急，让人家慢慢吃。"一副很有耐心的样子。终于，那家的男人站起来挽着女人，拉着女儿，剔着牙迈着八字步往外走，爹拉拉我的衣角，说："坐，坐……。""人家还剔着牙，没吃完哪！"我学着妈的样子低低地却一字一动说了一句"门槛大王"。爹看我一眼，连声说："这孩子，这孩子，这顿饭我请你。"然后对老板说："加一盘牛肉。"从前，我是没肉不吃饭的。总算是面菜都齐了，爹就一个劲往我碗里夹肉，剩下四五片，也都倒在我的碗里，我挑了几筷子面，肉都堆在了大碗一边，说："我减肥，我不吃。"爹打量我一眼道："减什么肥，瞎糟蹋自己，这就挺好看"。我说："反正我不吃"。爹吃完了自己的一碗，看着我面前剩下的面，啥也不说，拉到了自己面前，一大筷子挑起来送到了嘴里，几筷子下去后，进饭的速度明显慢了下来，吃进嘴里的肉拉拉拽拽好久咽不下一块。我说："别吃了，倒了算了。"他说："不能浪费。"硬是将那剩下的半碗面塞了下去，吃不完的肉又一块块拣出来，装了塑料袋，当爹喝老板端过来的面汤时，我去柜台上付了二十块钱。

爹看了看表说："闺女，快两点半了，你快点走吧，别让领导说你，你看你也没睡会儿觉。"然后从上衣口袋掏出五百块钱，硬塞到我的包里，按住我的手："说好爹请你，下回来了，你再跟爹吃，你请爹。"

我返回头，看着慢慢推着车子的爹，腆着肚子，步子竟比往日慢了许多，"爹真的老了，无论什么时候，我给予爹的，竟不及他给予我的十分之一……"心里想着，泪不由得流了下来。

人间最温暖的称呼

一位母亲病卧床榻十余年。在这位母亲患病的时光里，家人倾尽所有却眼看着母亲的病越来越重。在最后的日子里，儿女轮流陪在母亲的床边，那时母亲似乎已经意识蒙胧，整天酣睡，偶尔说个一句半句话，也是冷不丁喊出某个孩子的名字。母亲无意识地呼喊，让每一个孩子感觉到了母亲的不舍和挂念。特别是她的小儿子，每一次听到母亲含糊不清的呼喊声，总是紧紧攥着母亲的手不愿松开，母亲也似乎懂得，只有小儿子来到她的身边才会渐渐安静下来。

那次，又艰难地过了一日，母亲已是气若游丝，连续几天水米不进，而且两便失禁。母亲连叫喊也少许多，大家都悲伤地等待着最后时刻。但那天下午，母亲忽然睁开了眼睛，精神也好了许多，她的目光停驻在小儿子的身上，小儿子心领神会跪倒在母亲身边。母亲微微笑着，从被子里伸出手将一物郑重交到小儿子手中，说：“热乎着呢，趁热吃！”随后，母亲的头无力地歪到一边，没有任何生息。小儿子低头一看，母亲放到自己手中的是一个圆溜溜的、四喜丸子一般大的粪球。看着那个粪球，小儿子和所有的兄弟大放悲声，他们想到了母亲生前就是用那双手曾经给过每一个人甜蜜的糖、可口的点心和浓香四溢的水果，在母亲即便行将告别人世之时，她一定还是想将自己珍藏的“糖果”留给钟爱的小儿子。

一位母亲年轻时生育了一个残疾的儿子，贫困的丈夫趁她睡着时抱走了儿子，恨着心把他放到田埂上。母亲醒来时，发现儿子不在身边，疯了一样就往外面跑。后来循着婴儿的哭声找到了已经冻得发紫的孩子，然后紧紧搂在怀里抱回了家。并且像只发怒的饿狼和老实巴交的丈夫动了手，声言：“谁动我的孩子和谁拼命！”这个孩子在兄弟姐妹中最不起眼，在母亲眼里却是最受宠的。好吃的紧着他吃，好穿的紧着他穿，全家不让他受一点儿冷冻和委屈，夜里睡觉也是夹在父母亲的中间。儿子腿脚不好，从上学起，父亲和母亲的背就是他的“脚”，风雨无阻，十来年如一日。后来孩子长大了，父母背不动了，母亲就咬牙卖了口粮换了一辆自行车推着他上下学。儿子到了娶妻生子的年龄，母亲又十里八乡地磕着头给他娶回个媳妇。儿媳妇有眼疾，看不清路，母亲就又做了儿媳妇的眼睛，母亲说：“只要儿子的家圆圆满满的，她做啥都愿意。”

孙子长到二十来岁的时候，老两口还在没日没夜地劳动着，他们只有一个心愿：“见祖宗前，给孙子娶了媳妇就能歇歇心闭眼了。”他们种着三十多亩地的玉米，春种秋收样样亲力亲为。只是，每一个夜里，母亲痛苦的呻吟让年迈的老伴揪心、难过，他说：“这样活着，不如死了，就免了受罪！”可母亲却忍着痛倔强地回答：“那不行，我要给小五子闹腾得停停当当（妥当）再走，你也一样！”父亲和母亲就像奴隶一样甘愿做孩子的牛马，这份爱入了骨髓，至死不渝。

一位母亲养育了六个儿女。儿女们先后成家立业，个个成就斐然。母亲到城里轮流看护每一个儿女的孩子，父亲独自守着寂静的小院，就连过年老两口也是分开过。每晚一次的通话，最多的话题还是在每一个孩子的身上。几年后，孙子或者外孙长大了，母亲执意要回乡下，什么也不带只挎着一个蓝布小包袱，包袱里装着换洗的衣服，一如她来时般利落，只是腿脚有些蹒跚。下楼梯时打了一个趔趄，小女儿想去扶一下，但母亲说："不打紧，你们回去吧，别忘了时常来个电话。"

孩子们每次打电话时，母亲总说："好着呢！"偶尔回家看看，母亲总是给他们准备可口的饭菜，父亲则在一旁剥葱捣蒜，充当她的下手。孩子们却越来越觉得母亲的厨艺远不如从前，拌个菜不是少盐就是多醋，做个肉不是腥味过重就是焦煳黑苦，远不如外面饭店宾馆吃得可口、住得舒服。于是回家的次数渐渐少了起来。

日子随意地过着，谁也不曾注意过住在乡下的父母有多长时间没有接到自己的电话。谁让自己工作忙、应酬多、烦事杂事说来就来呢？他们每一个人总以为父母思维敏捷、身体硬朗，只要自己一招手，他们就能说来就来，只因为他们是父母。

一日，兄弟姐妹同时接到了乡下邻居的电话，告诉他们：父母远行，但留了一封信给他们，让他们回去，还叮咛路上一定要小心。儿女们搞不明白父母年岁大了还出什么远门，但还是回了家。迎接他们的不是父母的嘘寒问暖，而是邻居哭着交给他们的一封信，信是母亲写的：我们的肉，爹娘去了，不想成为你们的累赘！好好过你们的日子。

某年日月。六个儿女在小厢房里见到了他们长眠的父母，穿戴整齐，神态安详！小儿子哭着问大哥："为什么是厢房？"大哥哭着说："大房暖和、干净，咱们每次回家，娘总是让咱住大房！"兄弟姐妹个个哭成泪人，他们谁也没有发现母亲的眼角也有泪痕，那是怎样的不舍，又是怎样的决绝。这份爱入了骨髓，至死不渝。

当我们行走在世间繁华的街道小巷，迷失在风尘迷离的温柔乡里，醉心于权力酒肉的欲望深沟，感慨于人世过往的林林总总。有多少人可曾沉思：有份爱如佛光般照耀我们的一生，和贫富贵贱无关，和美丑健残无关，和强弱尊卑无关，只和"母亲"这个称呼有关。

这份爱超越一切，入了骨髓，至死不渝。只为每一个儿女日日安好，一生周全。

母亲们，人间最不易、最温暖、最伟大的"称呼"。

身为女人　所以幸福

无数次想起，在寒冬的路上，雪花飞舞。一个人走在回家的路上，寒冷袭来，让人总是不由得蜷缩着身子，离家的路总觉得很远。突然，身旁停下一辆车，缓缓地下来一个人，说一声："姑娘，你的家就在前面吧，让我送你一程吧！"不问名字，一个温暖的眼神让人少了一些怀疑。坐在一个陌生人的车里，拘谨而慌乱，但是，眼前分明就是回家的那条熟悉的路，心里便安稳了些。车，在家门口停了下来，还未曾道谢，倒是开车的司机一再嘱咐："姑娘家的，一个人出门要小心啊！"生来是个女儿身，原来总会得到意想不到的关爱。

无数次想起，在八月的夏夜，月朗星稀，微微有些风。已经年过半百的母亲，在自家的小院里和爷爷奶奶、兄弟姊妹、外甥、侄子围成圆圆的一圈，八仙桌上摆满了瓜果李桃，月饼花糕，孩子们叽叽喳喳的声音飘进了母亲的耳朵，让她不由得微微笑着。拄着拐棍的老爷爷，起先还捻着胡子慈爱地看着眼前的一切，有时有一搭没一搭地和大家接一句半句话，不知什么时候悄无生息地像瞌睡的老猫打开了盹。突然间，一声长而醉的鼾声，让大家屏声静气，然后就哈哈笑个不停，母亲也笑了，她起身搀起了迷离糊涂的老爷爷回屋了。一会儿，又出来给这个披件衣服，给那个斟满茶。今晚，她是幸福的主角，不多言，不多语，却将这一幕幕偷偷藏在心里，明日她还要说给隔壁的邻居听呢。

无数次想起，在熙熙攘攘的人流中，总会有一两个托着饭钵向我求助的路人："好心人，帮帮吧。"当我蹲下身来，在他的手心里，放上一两块钞票时，总会看到他们感激的眼神。正是天底下无数女人的无数个善举，让这世界总是充满着母性的光辉，让每个人能够品尝到幸福的味道。

无数次想过，四月里，雨如丝如雾般扑面而下。身着一袭苏绣旗袍的美妇，打一朵细花阳伞，扭动腰身，娉娉婷婷走向深深庭院。看着那远去的身影，不由得想到那开满丁香的小院，一定藏着隽永曲折的故事，那故事定然直达人的灵魂深处。女人总如春天正待开放的花儿，注定总有一些人痴痴等待，如蝴蝶永远追逐着花丛。淡淡的花香使人沉醉，让人痴迷，女人总会收获着惊喜。

无数次想过，九月里，篱落深深，秋菊正开着。一杯茶，氤氲袅袅，一本书半掩着，一枚书签的彩色流苏从书桌边垂下来，一个女人，轻轻叹息着。她为离愁别绪而叹，还是为故国家园而忧？这样的女人像一条五彩的鱼一辈子游弋在书海之中，就连眼泪也沾染着些许书香，也只有这样的女人能够咏出"帘卷西风，人比黄花瘦"。这一声轻叹，让这尘世的多少女人为自己的孤独寂寞寻得知音，而在暗夜惺惺相惜。让她们枕着书本入眠，也枕着幸福入梦。

无数次想过，六月天，骄阳如火。一个女人在麦田里挥舞镰刀，即便汗流满面，依然喜悦。回家时，腋下夹着一捆田埂边的青草，那是家里兔子的口粮。她迈着蹒跚的步履，倔强地喊着《穿过大半个中国去睡你》，有多少人忽视她残缺的身躯，可这振聋发聩的一喊，让多少人为这个曾经卑微的女人顿足注视，敬佩她的坚强、执着、坦诚。爱了就爱了，不爱就不爱，只要有土壤，只要有种子，一样能开花结果。苦难里造就出来的女人，犹如一杯浑厚的老酒，始而苦，苦而醉，意犹未尽，回味无穷，让人时时感叹幸福的来之不易。

身为女人，我为自己窃喜。一袭袭华美的长裙，让多姿多彩的世界在我的身上任意变换，美哉！美哉！

身为女人，我为自己释然。直抒心怀，快意恩仇，笑泪妄为，无需伪装。悠哉！悠哉！

身为女人，我为自己庆幸。身处太平盛世，安享喜乐年华，夫复何求？幸哉！幸哉！

童年和弹弓有关

真的，那时，我是假小子。

我真真记得，我还用一只弹弓打死一只鸟。

那时，我大约十来岁的样子。上学之余，每天蓬头污面和一帮半大小子满村乱跑。在坍塌的土墙上，在缀满青杏的树丫上，在齐腰身的河水里，在茂密的野草中，都有我欢乐的身影。每当母亲一声声“二丫头、二丫头”的声音在小山村飘荡时，我那些年迈的奶奶们都会摇摇头、叹口气，“这二丫头可真不省心”。

箍桶的铁圈用带柄的长钩滚着走，我比男孩子玩得还要好，他们追不上我，就会学着大人们骂我“疯丫头”。可我从来就不生气，那种骄傲简直就没法说，母亲说我：“恨不得插根鸡毛往天上飞！”后来，我最终变得有些像个女孩子，和一只弹弓有关，那只弹弓打死一只鸟。

那是一只极为普通的麻雀，只是个头似乎比其他鸟更大一些，胆子更冲一些，它也许儿孙满堂，在我家的屋檐下住了好多年。早晨和傍晚是它们一家最快活的日子，它和它的爱妻、儿孙们叽叽喳喳站在屋檐下的电线上，要么彼此梳理羽毛，做着体操；要么相互问候，谈着心事，夜晚各自归巢。它们的生活惬意而悠闲。

那年春天，隔壁的二小做了一把弹弓，绷上小石子，做武器用。他迈着八字步，像将军一样神气活现，他比我小三岁，有了这把弹弓，却让全院的小孩们称他为“老大”。我不服气，下决心也要做把弹弓耍一耍，不能练就“百步穿杨”的本事，最起码也能过过瘾，赢来一片喝彩声。

我从门后折了一截“Y”字形的柳树杈，用锯条锯短，又找来废旧的自行车内胎，剪成两厘米宽、十五厘米长的条子，用细铁丝将胶皮带绑在树杈的两端，一把弹弓就做成了。我常常睁一只眼、闭一只眼远远瞄准自家的房脊梁，往后用力拉一下松紧带，一颗小石子就飞出去，我家房檐那一排琉璃瓦猫头被我打得坑坑洼洼，奶奶一看见那些经过三百年完好无损的瓦猫头许多被我打坏了，无奈地从鼻子里哼哼两三声，远远见我过来，用手指着骂我一声“汆杂”（骂人的话），这是她一辈子骂人最狠的语言，可我毫不在乎。骂又不疼！有时我瞄准近处菜园还没谢花刚刚挂果的小葫芦，一个一个小石子打过去，水嫩嫩的葫芦就成了一张张麻脸，母亲常常要摆弄摆弄那些受伤的葫芦，有些时候，好脾气的她，也会冷着脸说一声“哪有个闺女的样子”？但这些话，充其量也不过像空气一样，我从来就没入过耳朵。姐姐打工，弟弟在外跟随父亲求学，我便是常在家里唯一的孩子，虽然淘气，却是独宠。用奶奶的话说：“要是二丫头也出去了，这家就不红火啦。”

我注意到屋檐下的麻雀们每日快乐歌唱，吃饱喝足就在电线上各自欣赏舞姿。春天就要过去了，母亲说：“前几日几只老雀忙着叼茅草，估计又要有小雀出窝了。”可不，仔细听听，小鸟“啾啾”的声音时隐时现，看得出来，这是一个幸福的大家庭。那一天，我依旧对准房檐，小石头装满了身上所有的口袋，打完了，再去捡。因为经常生活在这种炮弹连飞的日子里，麻雀们并不会因此而慌乱，它们有时甚至会瞪着黑而亮的眼睛伸出头看着天上那些飞得极快的怪东西，不理不睬，依旧彼此梳理羽毛，互相说着知心话。房檐下塞满茅草的巢穴里，小雀们的嘴角镶着金边，饿得心急的偶尔还会露出小脑袋，等待捕食的老雀回来，给它们喂食可口的虫子。

那一天，我像往常一样睁一只眼、闭一只眼，绷紧橡胶带朝着房脊房檐的一块瓦猫头打过去，嘴里“吧”一声，只见一只麻雀应声从屋檐下的电线上翻了一个跟头，栽在了地上。看着这只突遭横祸的同伴，麻雀们受到了不曾有过的惊吓，它们叫喊着，声音里透着恐慌和凄惨，有几只胆大的麻雀 在这只不幸的同伙面前低飞盘旋，像深情的呼唤，更像是无助诀别。这时，我收起了弹弓，跑到了那只还在地上无望挣扎的麻雀身边。这是一只羽毛丰满、个头硕大的麻雀，此时，它的小眼睛无神地瞅着我，嘴角洇着血迹，两条腿扑腾着，不一会儿就死掉了。有几只麻雀还在我和亡雀的身边飞旋、啼叫。

母亲说：“这是只母雀，小雀还没出窝，这回活不成啦，好几条小命呢。”我想到那些天天歪着脑袋盼着老雀回窝的小雀，一个个会被饿死，心生愧疚，连连对母亲说：“我没用弹弓对准它，可我就是打死了它。”母亲说：“装在鞋盒子里，埋了吧。”于是，在后院的枣树下，从此多了一个鸟冢。而我也放起弹弓，收回野性，变得文静而善感。

儿子在十来岁的时候，有一天向我提起要玩弹弓，我想起小时候那只被我用弹弓打死的麻雀，便给他讲了那个和弹弓有关的童年，伤心的往事竟清晰如昨。但，放眼望去，阴天冷云之下，没有一只麻雀的影子。

童年和弹弓有关，暖阳碧树中的几只鸟儿，时常从我纷乱的思绪中飞起。我把弹弓悄悄藏起，不敢咳嗽一声，唯恐惊醒它们祥和快乐的美梦。

一杯水的味道

一个朋友说："人生就是一杯白开水。"问他原因，他笑而不答，让我细细思想。百思不得其解，直到有一天，看了作家史铁生的《病隙碎笔》，想想自己走过的路，五味俱全。一杯白开水的可贵之处在于，你加糖则甜，你放盐则咸。品什么样的味道，都在人的一念之间。一个人，不管处境如何艰难，只要能有一颗豁然之心，生命总会焕发勃勃生机，荒漠何其焦枯，照样有生命繁衍生息。只要有泥土，便会有种子；只要有种子，便会有参天大树。

曾经，我们走着夜路，凭着对前方那一缕暖意的急切期盼，总会咬牙努力前行，天上月色浪漫，人间灯光恍惚，但那一丝光亮总给人欢欣和快乐，给人必胜的信念和无穷的力量。我们懂得感恩，却总说君子之交淡如水，怎样的无味，怎样的纯然。

从一杯水里能看到远处自己的影子，你不狂妄，就会明智；你不小气，就会豁达；你不贪婪，就会快乐；你懂感恩，就会充实。

一杯水，索然无味；一杯水，味在其中，细细品尝，便知人间真味——微甜、微苦。

在历史的长河中，注定有大人物叱咤风云，也会有微不足道的生命像晚秋的飞鸿，一闪而过。落叶别树，随风飘零，冥冥之中造化弄人。想想一千多年前，苏家父子是怎样的不俗，又是怎样的落寞，寂寞如此，失意如此，但苏学士依旧会在岭南的土地上，种田植橘，难怪他会写出旷世的词句，“人有悲欢离合，月有阴晴圆缺，此事古难全，但愿人长久，千里共婵娟”。

寻找回来的故乡

连日来，住在乡下的娘总在电话里念叨：你都好长时间没回家啦！娘这是想我啦！我也记不清有多少日子没去看看娘，杂七杂八的事儿缠得人分身乏术。于是，我让娘在家等着，喊了一辆熟络的出租车去接娘。

傍黑，我的钥匙刚插进锁孔，门就“吱扭”一声开了。娘在门边站着，一只手帮我过来脱掉外套，另一只手指着脚边为我备好的拖鞋。

饭已上桌。几碗黄澄澄的代州小米稀饭和几碟码得整整齐齐的代州老咸菜，都在那里静静等着我这张吃腻了快餐的馋嘴。旁边还有一碗散发着新鲜高粱面清香的红面鱼鱼在一个海碗里盘着。娘说吃吧，我搓了一晌呢！是啊，我都不知道娘是什么时候干活慢下来的，这二升面娘搓了那么长时间，还有那么多断头。可是终有一天，娘是必定连这断头的红面鱼鱼也搓不动了，到那时，谁还会再给我端一碗永远吃不腻的家乡饭呢?

我一边品着记忆中的味道，小米稀饭还是那么可口绵甜，老咸菜还是那么酸爽辣脆，一边听娘有一搭没一搭地闲聊。娘说，村里的烟

代县阳明堡下花庄村　王晋东摄

囱都快不冒烟啦，今年冬天村里一多半人家煤改电啦；娘说，我幼时上学经过的那条大路，两旁的参天大树正被砍倒卖了换钱，据说要把街中心的黄土路改造成水泥路，村里那帮婆姨们要在那里跳舞，下雪天也出来，她们的屁股扭成麻花，也不嫌冷？娘说，老院的大门快倒啦，七八户人家的，却也没人回来张罗修修，野蒿子半人高都封了出进的路了；娘继续说，我记忆中的村庄已经大变了模样。她掰着指头从西头数到东头，二百多人、四十来户的村民居然有二十多户在北京、广州、上海、成都、太原等地买了房，最不济的也在县城落了户；娘还说，村里现在就只剩干不动的老人和不想干的女人，孩子们在外求学，青壮年在外打工，就是这些留下的老人能行动的也坐不住，早晨给西头村的外地企业打工，黑夜才回来。白天在村中走一圈，难得碰个熟人；娘说，村里人有钱啦，可硬硼硼的后生，一病就是治不了的病，娘叹口气！

娘还在说，可我的思绪早回到了那个刻在我心头的小山村。

我家是村里大户，五进院的房子住着七八户人家。往前数三代，他们都是血肉相连的弟兄。冬日，饭点一到，各家的烟囱炊烟渐淡，油香徐来。当家的妇女尽量在炕沿边坐着，先前是奶奶的“锅头军”，后来娘又成了新的“锅头军”，饭是她们做，也是她们添，她们要眼活手勤，看看男人和孩子谁的碗见底了，再及时添上。其他人只管低头吃饭，不言不语。吃完饭，老爷爷和爷爷一定要用舌头将碗边的米粒一颗颗舔卷干净。看家的小黑狗乖巧地趴卧在门口，等着主人赏它一口残羹冷炙，奶奶就把涮锅水倒给它，数得清的几粒米沉在水底，小黑狗摇着尾巴低下头急不可耐地捞吃着。要是秋冬时节，小黑狗会在晚间额外吃到一些拇指粗的蒸萝卜，那大概是它最幸福的时刻。摇头晃脑萝卜进肚，小黑狗沿着院墙再“嗖”一下跳起来，蹿到更高的屋顶，那便是它一整夜放哨站岗的地方，院外稍有动静它一定会“汪汪汪”叫个不停。后来，我在外上学，每到周六回家，小黑狗像算好了一样必定会在村口远远地迎接我。周末离家时，它又会吱吱扭扭哼叫着在村口和我依依惜别，这大概就是我一生都喜欢狗狗的原因吧。

春天，天气渐渐暖和了起来，几个男人和小孩便在午饭时端着碗聚到二门下，蹲坐在宽踏踏的条石上，一红一白两大盆夹竹桃在厚重的门板两边竞相开放、香气袭人，吸溜声、咂嘴声还有几只蜜蜂的嗡嗡声交织在一起，让人觉得岁月静美、幸福可待。要是谁碗里有些稀罕好吃的，孩子们是必定有口福尝尝的。谁家要是有了难事、急事，各家也绝没有旁观的道理。记得那年我们三兄妹交叉感染先后生病，我住院的钱是大家凑的，姐姐和弟弟在家里也饿不着，白天有人轮流送饭，夜里有人轮流作伴；娘总说住在大院里就是亲亲的一家人。奶奶也说，人活在世上，就得鱼活水，水养鱼。

后院有盘石磨，很少有闲下来的时候。你家刚碾完黄豆，他家就来磨玉米，不管是谁家的孩子，碰上了，总会流着清鼻涕，腆着小肚子帮着大人们来推推碾；要是有蒙着脸的小毛驴在磨道转着磨盘，我们也会学着大人的样子，用细细的柳枝在它屁股上抽几下，声音响亮地吆喝几声：的儿驾，的儿驾，的儿驾……小毛驴就一圈又一圈老老实实重复着自己走不完的路。后来，村里安装了电磨，本家姑姑把头发盘起来，戴了和医生一样的白帽子，还戴着白套袖，日夜守在磨坊看守当值。高粱磨面快了好多，闸一合，六叔说尿泡尿的工夫就出一口袋面，可是，不止六叔说，电磨磨下的面吃起来寡淡无味。村里所有的石磨都慢慢卸完啦，小黑驴还像拉磨一样被黑布蒙了眼睛，它当头挨的那一锤子，我看都不敢看一眼，我还问他们，黑驴耕了那么多地，帮人干了那么多活，为什么还要杀它？大人们说，没用该杀！我也不知道被锤杀的驴会哭不？更不知道六道轮回谁愿来世转成个驴？驴腿、

哥俩好　王晋东摄

驴骨头、驴肉煮了满满一大锅，没有别的调料，奶奶撒了一大把疙瘩盐，费了好几抱柴火，煮熟了，却谁都没吃一口。爷爷用烟杆“梆、梆、梆”磕着鞋帮子，连声咳嗽着走出门。那驴小时候是他从校场牵回来的，夜草是奶奶喂的，我想他们着实是咽不下它的肉。

每年夏天从草麦黄开始，五个院落都很少有空落的时候，家家户户晒完麦子，晒豆子、高粱、糜谷，甚至是深秋从大路上搂回来的杨树叶。

不知道从什么时候起，各家只顾起各家来，是从各家有了余粮开始，还是从几户人家动了拆迁的心思开始？雨来了，不知谁家的玉米垛还泡在雨水里，塑料布被风斜吹起来，再也不会有人去帮着压一压。

住了几辈子的老院，终是有人嫌它窄逼。拆了盖，似乎是老屋必然的命运。主房最早被拆走。那天祭了天地，村里雇来的几个木匠和壮年男人高高骑在屋脊上，一层层揭瓦、抽椽、撤梁、搬砖，他们个个都灰头土脸，高高的大房整体塌下来，变成一堆木头、一摊砖石和瓦块。那是整个家族的主房啊，爷爷生在东间的炕上，二爷生在西间的炕上，奶奶踩着绣花鞋和爷爷在过厅拜过天地，宽敞的廊厅下挂过鸟笼、摆过围桌，男人们在这里喝过酒，女人们在这里纳过鞋底、论过家长里短，孩子们在照见人影的光溜溜的地板上弹过玻璃球。说不上是哪代祖宗盖的老屋，更不知他们吃过多少苦、用了多少年，才盖起这气派、齐整的老院。都说院里风水甚好，后有青山罩着，前有小河护着，瓜果梨桃院里种着，就是在那样的年代，老人们个个都年过“鲐背”，耳不背、眼不花，六十余口老的老、小的小，逢年过节磕头问候，他们谁都认不错。他们慈眉善目，他们微笑暗呈，我饿的时候吃过他们的杂面馍，渴的时候喝过他们的清米汤，在他们面前我也曾顽皮过，被他们轻轻呵斥过、拍打过。对厅拆了，西耳房拆了、东西配房拆了、马厩、猪羊圈都拆了。不知谁说，烟熏过的每面山墙里夹藏着银圆，每只柜脚底下埋着金条，每一间屋都被掘地五尺，老院惨遭涂炭。如此三番，昔年风光无限的老院，终像风烛残年的老人走向破败和毁灭。宝贝一样也没有找到，老人们却说，银圆和金条吸了土气，遁啦！原来真是万物皆有灵，我想它们一定是生了这些儿孙的气，找清静去啦！

主房一倒，两边月门受损，不几年也哗啦啦倒掉大半。只有二门的对联字迹斑驳，在日晒雨淋中无言诉说着昔年花好月圆。

那时出了老大门，经过四五家，不过百步之遥就到了村里的主街道。小学校的几间房就坐在阳光里，拥抱着每一个村里求学的孩子。两个民办老师，五十来个学生，五个年级，不分班级，大家都在一起。你算你的数学，我读我的拼音，谁也不影响谁。后来，我才知道，这叫复式教学。现在想想，那时的老师是多不容易呀！她们得备多少课，操多少心？有时候，看着我们奓毛龇牙的样子，那个长着雀斑的王老师还会在课间为我们这些不管头脸的丫头们扎一扎小辫儿。如果谁交不起学费也没关系，派在家吃几顿饭，也就算糊里糊涂顶了账。如今，小学校改头换面变成了村委会，院子里那棵挂着铁片片的老槐树也早被连根挖走。孩子们即便是上幼儿园也得往离村五里的镇上送。清晨，村里没有了孩子们的琅琅读书声，也没有了下地耕作的驴嘶马叫声。偶尔有一只瘸腿的小狗，见着人也是竭尽全力没命地躲跑。出村的公路边，接二连三的狗肉馆生意红火，据说外地的拉矿粉的大车司机排着队也要吃上一大盆。三大娘喂了十年的大黄狗也被她换回二百块，娘和我说过这回事后，我回村里，她招呼我，我就不理她，我听见她小声骂我“牛皮哄哄”，我才不管呢，我只可怜那只一见我就摇尾巴的老黄狗跟错了主人。

初冬时候，当街墙根常会有几个老人晒太阳。他们最寻常的问候就是“吃了没”或者“吃啥来”？末了也总会有人说“吃啥也不香”！怎么会不香呢？他们中谁没有饿过肚皮？谁不是在年轻时恨不得吃下三盏十八碗？谁不认为人间美味也不过是扁食、月饼还有油糕？而今，只要他们愿意，要鱼有鱼，要肉有肉，但他们竟然没有了食欲。他们在一起想起了玉米面，想起了苦菜，想起了烧土豆，也想起了十冬腊月带着冰坨子的烂腌菜……可是，他们日思夜想的玉米面得到城里的超市里购买，不黄更不香；他们说的救命菜“苦菜”，埂上、垄里早没了踪影，饭店里那些黑绿肥厚的“家伙”还能叫苦菜？喔，探手从火堆里取烧土豆的场景再不会有了，不是家家户户有了烤箱？谁还会十冬腊月顶着风卖冻肉？天天科普预防“三高”，连娘也不腌菜了，更别说人到中年、大腹便便的我们。

那时，主街溜着各家南墙根曾有一条一直通到上河头的水渠。春天一到，水闸一开，我必是和小伙伴们挎了柳编的筐放了奶奶的衣服来这青石板上搓洗。要不就在细雨里到草地上捡拾成片的泛着水光的绿油油的地衣，再在河水里淘洗干净。清澈透底的水中不时有半寸来长的小鱼从脚面痒痒地游过，偶尔抓回一两条，搁置在窗台上，引得那只狸猫来来回回转圈圈。

村里的小河不知什么时候，居然一滴水也没有了。原来深可过人的溢洪道填满了生活垃圾，经过时还得捏着鼻子走。河滩上种满了从南方引进的药材，操着外地口音的药商们睡在支着的帐篷里，谁能听懂他们在屋里说什么呢？主街的那条水渠也早已被回填了。偶尔踩在一方凌空的石板上，就会突然记起在水渠边嬉戏打闹的小伙伴们，现在我还能认得谁？有谁又可曾记起我？娘说，我们那一茬人精明强干的老也不回来，只有当年的一个“傻子”还在，碰上谁他都笑，有时，他也会哭。

村西有两眼井，井旁有青石凿就的饮马槽，深深嵌在泥土里。娘一早就会甩开两臂，担着扁担一趟趟在家和水井间往返忙碌。那时不懂，不懂娘肚子里怀着弟弟如何一步一步挑着水桶爬上那抹斜坡，一步一步挑着水桶跨上台阶，一步一步挑着水桶穿过街门、大门、二门，再到家门。如今，又想起冬天冻成一圈又一圈冰溜子的井口，想着娘怎样从深不见底的井里一下

沃土　王晋东摄

一下打起一桶一桶水来。想着不怕摔跤的娘，不懂照护自己周全的娘，也在庆幸佛祖保佑老来安康的娘。娘老了，我大了。有时，我还会像从前一样，在娘的面前肆无忌惮地哭泣。在娘眼里，我始终是她需要保护的孩子。前年，自来水进了各家，两眼井同时废弃！饮马槽随之不知所终。但爹每每喝着自来水，总会说不如井水甜！

娘和爹住过五十余年的老院，里里外外只有他们两个人出出进进的身影，就连生性孤僻的爹也常常在电话里和我喊着，闷得不行！

娘和爹也终于从老院搬了出来，新院落干净整洁，但爹还是改不了怀旧厌新的毛病。爹还是要每天回老院看看，看什么呢？走过一进又一进院，只有我们住过的东耳房像座千疮百孔的碉堡还在坚挺着。它逢雨必漏，而爹终于变成个心事重重的老人。残墙断砖下时有野猫野狗的打闹声，屋檐下的兽头少了眼睛、缺了嘴巴，屋顶上开过一回又一回的瓦楞花已在深秋风干落尽，它们把种子藏在开裂的瓦片缝隙中，只要房子在，不管多破多旧，它们也要在春夏开出各色花来，在寂静中居高临下凝望着神情没落的爹。爹说，爷爷生在那里，他生在那里，我也生在那里，打开院门，人间的悲喜离合，烟火酒色都会一股脑儿钻出来，心是酸的，泪却是热的。

爹说，奶奶爷爷的坟头我是肯定找不到的，小路改大路，歧路改直路，物非人也非！

听娘还在絮絮叨叨，再过二十年，这茬老人一走，年轻人再不回来，不用说老院，就是那个祖祖辈辈生活过的小山村，也将永远消失在风雨中 。

树高千丈，叶落归根。没有了根，叶片如我究竟要飘向哪里？归于何方？

我把故乡放在梦境里，放在心房里，放在诗歌里。恍惚中，我看到了山清水秀的故乡，看到了碧空如洗的故乡，看到了老人慈爱、孩子欢笑的故乡。而出走半生的我，在星光下，终是回到了故乡的怀抱。

2021 年 12 月 4 日

巧手手

今年中秋前一天，姐姐就打电话："妹，我今儿过去给你送个大花糕。""哦，那么辛苦，不用送了，你留着自己吃吧！"我对姐姐说。"不，一定要送的。"外甥女在一边说，"我妈昨儿下午忙了好几个小时，说是姨平时吃不到这么好吃又好看的东西。"

姐姐终于来了。由女儿女婿护驾，一群人不到一小时便从代州城来到了原平。把时令水果放到一边，姐姐亲手捏好的大花糕由女儿女婿抬到了我的面前，一股带着碱味的麦香直入鼻孔。揭开了盖头一样的新笼布，姐姐的大花糕还是惊艳到了我！内嵌红枣的白面花瓣一个挨着一个，从大到小围了六层，顶上还卧着一只可爱的小兔子，小兔子红红的眼睛似乎正在用心寻找一处青草，而青草边还有一棵正在绽放的桂花树。闭眼静坐，你便觉得草香和花香正在屋子中央慢慢荡漾开来。

"姐姐，这么漂亮的东西，能不能放在那儿，不吃？看着多像个工艺品！""哪能呢？放不住，你吃了保证你喜事连连，好运不断，挺大的，六斤面呢，你切开给左邻右舍都分点儿，大伙儿都沾点喜气！"

五福临门　石香珍摄

外甥女说，一个八月十五姐姐就给村里人蒸了二十几个花糕！特别是刚刚娶儿聘妇的人家，为亲家送个大花糕，这样的礼数是万万不能少了的。

记得小时候，清明节前姐姐就会跟着奶奶和母亲，给我和弟弟捏塑许多的小动物和花花草草。那时剪刀、筷子、锥子甚至梳子都被派上了用场，剪刀用来剪花瓣，筷子用来卷花心，锥子扎一下是小猪鼻孔，给老鼠钉两颗黑小豆它就有了眼睛，用梳子压一压，竹编的篮子就跃然而出。面模子在笼里蒸出来后，姐姐手里拿一支颜料笔，这儿画画，那儿抹抹，花有了色，小猪和小老鼠也有了神韵。哦，那条盘着的龙似乎就要飞起来！这些小玩意儿“出生”在这样的季节里，有一个特殊的称谓“寒燕”，这些面塑的“寒燕”被嫩嫩的柳枝穿起来挂在屋子一角，谁来了都要看一眼，特别是哼哼唧唧的小婴儿蹬着小腿儿，扬着小胳膊，一双乌溜溜的大眼睛总盯着那根根柳枝上的小“可爱”，

百年好合　石香珍摄

做长辈的心里就乐开了花。小时候，零嘴少，挂在屋角的“寒燕”，后来总会在我的肚子里集结，娘说，“吃了清明的“寒燕”能让我少些灾病”！

七月十五的中元节，本来是个让人略感悲伤的日子，可在我的故乡，因了这个习俗竟然还掺杂了一些别样的欢乐。除了祭祖上坟，未婚未嫁的孩子都能收到一份特殊的礼物。小婴儿会有一个和他差不多大小的面人儿，“它”背靠用麻绳穿好的秸秆儿立在墙边。红袄绿裤，黑油油的朝天辫似乎正摇晃起来。一边是炕上咯咯笑的小人儿，一边是立在墙边憨憨的小面人儿，由不得你不爱！稍微大点儿的孩子，站着的面人儿就变成了趴着的。你看那小家伙穿着福字小肚兜，蹬着绣花小鞋子，撅着小屁股，哇，他也顾不上羞羞，小鸡鸡都露出了，还在向前爬，他一定是发现一只小蛐蛐正要逃走吧！过了八岁的孩儿，大多会有一条活灵活现的大鲤鱼等着他们来抱在胸前，该上学了，鲤鱼跳龙门，是多少人的心愿啊！记得我二十多岁的时候，娘照样给我送了面鱼！跳出农家门，是多少小青年的长夜美梦啊！

是啊，故乡的多少个节日里能少了这美轮美奂的面塑呢?

我结婚时，娘按照代州城的习俗让爹早早订下了一套食盒（贺），象征为和和美美，内装十二个直径一尺有余的大馍，再配上活灵活现的十二生肖和摇头摆尾的一对儿龙凤，每个馍上都要画上精美花卉。大概还要应了：事事如意牡丹，福寿莲花桂长生。扇子扇牡丹公婆好喜欢，剪子剪福寿夫妻好相守。意思明了，愿望美好。馍前金童玉女端坐莲花座内，神情甜美，真是处处喜气盈目。食盒摆上来，外地亲友就用照相机咔嚓咔嚓照个不停，他们都说“这民间的艺人真了不起”。

我一直都觉得姐姐那双手是代州城里数一数二的，可是那天姐姐在电话里和我说：“妹，姐姐要拜师学艺了，就是城西的张海平老师家，人家那才叫能人哩！飞雁走兽都活了！”我说：“姐，你的手也好巧！”她说：“哦，差远了，张老师已经走向全国了，成艺术家了！”我说：“你也快！”她说：“那敢情好，咱这小老百姓也抖搭抖搭！（显摆）”

正聊着，听见她惊喜地喊道：“呀，俺娃小手手捏的这小毛毛虫跟真的一样样儿！”原来，外甥女的女儿还没炕沿高，竟然站在小凳子上不声不响偷学了姐姐的本事！

失窃的姐姐，却像得了珍宝一样，微微笑着，阳光下的皱纹也舒展了好多！

看海

几年前，我在青岛疗养。一个人住着，孤寂无聊，人生地不熟，顿顿的鲅鱼煎饼，哪里比得上家乡的高粱面和土豆栲栳栳？带来的老陈醋眼看着也见了底，余下的日子实在是难熬。

我是天生的路盲，一个人是根本不敢逛街的。老老实实待在公寓里，背靠着枕头，望着天花板总在想：要是有个伴，多好！

那日晨间，我刚从外边遛弯回来。看见房间里靠窗的那张空床上堆满了大包小包。一会儿，一位老妇被众人簇拥着进来，她大概六十来岁的样子，一路走一路咳，颧骨上飞着两片鸡蛋大小的红晕，给她蜡黄的脸添了一点奇怪的亮色。大概是她年轻的儿女一左一右地把她从车上架下来，后面跟着一个年纪相仿的老头儿，一边紧撵着众人的脚步，一边还用手给老妇人轻轻捶着背。进了房间，老妇人看起来是再也不能多走一步，刚到床边就迫不及待半趴在那里。娃儿们弯下身来忙不迭给她脱鞋的瞬间，老头儿已经把床上的枕头和被子垫起来，让老妇人弓着背双手抱着。他们的话，我听不懂，但听孩子们说到“额吉、额吉”的时候，老妇人就哦、哦回应几声，以前听过几首好听的蒙语歌，知道“额吉”是妈妈的意思。老头儿不插话，从行李中拿出半袋炒熟的小米，比画着分我一些，我摆摆手，他就兀自在自带的电锅里熬了半锅牛奶，又撒了一把小米，小米上上下下欢快地在锅里翻腾着，香味也在房间洋溢着。一会儿，老头儿用搪瓷茶缸盛了香喷喷的奶粥，端到老妇人跟前，他噘起嘴吹了半天，才一小勺一小勺小心喂送到老妇人嘴边。

粥还没喝完一半儿，老妇人又不住声地咳了起来。房间里的红色急救按钮一直闪着，保健大夫接连进来了好几个。从他们的比画和交流中我也听明白了：这是来自内蒙古锡林郭勒盟的一家人，他们本来是要到青岛看海的，谁知还没看成老妇人半路就病了。

病房内被人挤得满满当当，地塞米松被推进 20 毫克，老妇人的喘憋似乎慢慢减轻了些，老头儿把儿女叫到一边叽里咕噜不知道说了些什么，孩子们就匆匆出去了。老头儿在老妇人的床边坐下来，一只手探过去，准确地摸住了老妇人的手，老妇人的手翻过来，和他的紧紧握在了一起。

出去不久的孩子们返回来后，和老头儿招招手，他们在楼道里不知说了些什么。

老头儿回到病房后，眼睛就盯着老妇人舍不得离开片刻，好像只一瞬就会被风刮走一样。

那一夜，老妇人又咳个不停，她斜靠在老先生怀里，大概是嘱咐老先生什么，她一定是有什么放心不下。

后来，我听别人说，老头儿和老妇人都得了重病。一个在肝上一个在肺上，他们都知道对方是什么病，却不知道自己是什么病，彼此都瞒着。老头儿原想着带老妇人最后看一次海，那是老妇人许久以来的心愿；老妇人也想陪着老头儿最后看一次海，那也是老先生打小就有的心愿。年轻时，他们一直在草场，他们觉得大海一定和草场一样宽广、辽阔。

我没看见他们离开时的样子，有人说：老头儿打横抱走了老妇人。我想：老妇人当时一定心里开成了一朵花儿，像出嫁时一样。 他们一定在梦中看到了最美丽的大海。

旧物

傍晚，爱人回来，从衣兜里掏出一个黄色手电筒。我瞄一眼，似曾相识，我问："哪里来的？"他说："妈妈的，已经坏掉了，本来是准备扔掉的。""喔，舍不得吧？"我问他，他笑了笑，算是承认了。

其实，我也不知怎么了，近几年来和他犯一样的毛病。家里的好多东西都坏了，一直想换掉，可这心思一来，就多了些犹豫，终归是将就着一直陪伴我们到现在。

那个削皮器，手柄已经脱落了，而且早就有了备用的，可是每次做饭时我还是不由自主要把它握在手里。记得我刚结婚时，临到做午饭，公公就给我派了差使，削土豆皮。那时，我见过婆婆削土豆皮的场景，一颗土豆眼见着在她手里转弄几下，还没看清，土豆皮就像鱼儿从她手中跳脱出来，一会儿一颗沾满泥巴、长满小疤沙眼的土豆眼见得就脱胎换骨，变得光滑而干净。可是我却怎么也削不好一颗土豆，它在我的手里一点也不听话，好像专门跟我作对似的，你看，它总是要从我的手中滑落，然后，就滚到地上。我好不容易把它捺在手中，却也只能从下往上倒着削，又急又窘的我，怕人说笨，又怕过了做饭的点儿，误事儿。一番折腾下来，不觉间额头已是一层虚汗。老公偷偷到自由市场跑了一趟又一趟，也没找到一个让我称手的削皮刀。几天后，又到了做午饭时间，公公递过一把削皮刀说：“试试，我把两头的刀刃都磨了，谁都能用，那天发现你是个左撇子。”老人家说，“不称手，会割破手的！”我接过来，木柄上缠了一圈红色的塑料条，一圈一圈缠了个严严实实，和我马尾上的红皮筋一个颜色，也是我喜欢的颜色。至今，那个削皮刀我已经用过二十多年了，搬了多少次家，它从来都是被“钦点”保留的宝贝。每次用起来，就会想起公公他老人家说的话：“慢慢来，别伤着自己。”

橱柜里还有一件婆婆用过的神器“擦擦”。一排一排鼓起的刀口早没了金属的颜色，插板边也是坑坑洼洼，每年秋天上冻前必有二三百斤的芥菜和萝卜要来喂养它。那时，我们牙口都好，婆婆用力擦洗这些冬储蔬菜时，小小的萝卜和芥菜“屁股”就会被我们在一边嘎吱嘎吱吃个不停，婆婆总会佯装愠怒：“馋嘴老鼠。”可是，老人家脸上的笑是藏不住的。老腌菜在大缸里腌制二十多天，就可以开吃了，酸的酸、辣的辣、脆的脆、面的面，每顿饭总要比以往多吃些。婆婆的“擦擦”总是闲不下来，它入东家、进西家，承担了和睦邻里的重任。婆婆走后的这么多年，我和老公继承了她的独门绝艺，弟兄们各处安家，但每年冬天，他们还是能吃到从家乡捎过去的老腌菜，而且因了那旧“擦擦”的功劳，菜的味道一直让家人津津乐道。

也不知怎么了，人到中年，我这念旧的毛病比往日更胜。座椅是旧的，油漆斑驳，四个腿儿还缺了一角。像个瘸子，立在墙角有时还得扶一扶，可我也没有把它挪走。儿子小时候，坐在那里写作业的样子历历在目，也不知道他是不是忘记了一个朝他吼叫的、教训他的母亲！后来，我在书桌前又添置了一把转椅，旧椅子悄悄置于旁边，就像一个老伙计一样，和我们打发这余下来的寻常时光。

这些年，不止一件旧物被我翻出来。婆婆的旧手套、围脖、针线笸箩，甚至她的假牙、戒指都似乎从冷宫里被解放了出来。每一件旧物都有一个故事，在家人的脉脉温情中在各自心中涓涓流淌。看看，针线笸箩里线轴上还有未断的线头，婆婆用她勤劳的双手养育了众多的儿女和孙辈；每当戴起婆婆的手套，似乎还留存着她的体温；喔，那么讲究、爱美的婆婆，缺了门牙在过年的镜头前曾是多么尴尬！还有那枚戒指，当她第一次拥有儿女赠送的如此贵重的礼物，不知有多么的惊喜。初冬来时，老两口围着围脖相伴而行的画面也恍如昨日。如今，他们彼此搀扶着又在另一个世界相亲相爱。

我一直感念这些旧物，是它们以自己的存在传递了我永远不能忘却的爱与温暖，直到永远。

朋友

十三岁时，我在镇上的学校念初中，两排大通铺，头对头，一排睡七个人。梅贴着墙，我贴着她。

那时夏天，梅一回身，就对我说："走，溜达溜达。"梅猫着腰使劲蹬着自行车，我坐在后车架上，听着她吭哧吭哧上坡赶路。我说："我要跳下去！"梅就说："不要动，我能！"我和梅同岁，她那么瘦，能吗？可梅说："两个轱辘总比两条腿省劲儿。"我只在宿舍吃过一回韭菜拌凉粉，梅就记住了，回回在她家韭菜、凉粉管饱吃。如今，脑子要是转得慢，梅就笑我："凉粉吃傻了？"

那时冬天没有暖气，每个宿舍烧炭炉子，白天还能将就将就。下了课，我们像箭一样射回宿舍，梅哈着凉气用火筷不停翻动正在燃烧的火炭，喊着"二，二，快过来"，我从袖筒里抽出手拢住逐渐长高的火焰，身子慢慢热了起来。夜里，为了节省煤炭，火炉的入口被煤面盖住，室温骤降。入睡时，薄被如铁，每个人都把自己蜷缩起来，像一只只挤在一起御寒的小猫。别人挤我，我就挤梅，后来，就进了她的被子。每天早上，有人会问梅："你一晚抱个呼雷，能睡？"她总笑笑说：

“我听不到啊！”我知道大家在说我，就有些不好意思。等到下一个晚上，我把自己裹成“粽子”，想和她划清界限，她瞥我一眼：“还耍心事？”

初三时，梅得知我转学的消息，一连几天都闷闷不乐。我离开学校时，多希望她能送送我，可她终究没来。后来，她在信里说：“我不敢去送你，我怕自己哭晕！”我想和梅说，她送不送我，我都忘不掉她。娘说，那时，每个夜里我都几次喊着“梅”的名字。我一定是梦到了我们在一起的时光，距离怎么能把我们分开？

毕业后，梅辗转也来到我生活的城市。隔三岔五我们又黏在一起，互相换着穿衣、打闹、八卦，我们还说，让将来各自的另一半合穿一条裤子。哈哈哈！我们说着这样的疯话，不觉已是人到中年。

就连老公都说，我和梅亲如姐妹。可不是？

那年，我病了，是梅寸步不离在医院里守着，直至我痊愈出院；那年，婆婆没了，是梅一路搀着我，哭到坟地；那年，我房屋拆迁，居无定所，还是梅收留了我；她还经常说：“唉，要是我晚结婚几年，兴许咱还是亲家！”神情落寞，好像做错事的孩子。

梅的日子越来越好，她盖新房子时，老公说：“咱就是牙缝里省省，也要帮她的忙。”可梅说：“你们小日子，过得紧紧巴巴，我实在不忍心！”推三阻四，到底是不肯。

梅刚退休几年，每到腊月底，梅就早早在电话里喊我：“肉烧好了，丸子炸好了，鱼做好了，饺子包好了，酒买回了……你啥也不用管，一家家欢欢儿回家过年来。”

我想起来，婆婆在世时，每个春节就是这样把亲人一个一个喊回来的。

除了婆家、娘家，这个世界，还有一个家的门也一直为我敞开着，当我走进去，一样的亲切、温暖。

最爱土豆

在我的家乡，寻常不过的土豆是最受欢迎的。

只要有土，它就会不顾一切地生长。四五月份，一颗有芽眼的土豆被切成几瓣，随手在田里剜个寸深有余的小坑，把它丢进去，它就一定不会让你失望。春风一吹，几片绿叶就欣欣然冒出头来。长个一月左右，白色、粉红色、紫蓝色、紫色的花就在种满土豆的田野慢慢开放，不显山也不露水，不觉半月已过，就要结果了。它们好像要回报吸进的养分，尽可能长得多、长得大。在生长期间，土豆是最好侍弄的，它适应性强、少病害、抗干旱、经营粗放，几乎没有绝收、绝产的时候；要是碰上了风调雨顺，产量成倍翻番也成为可能。

农村里家家户户有菜窖，家家户户的菜窖里总会是土豆的落脚之所。只要有几百斤的土豆存在那里，冬天再怎么冷、蔬菜再怎么缺，老农民都会放宽心。

初冬前，也是一年最难得的农闲时候，一大捆柴火里静卧着一颗颗新鲜土豆，柴火被点燃了，男女老少欢呼雀跃。站着的、坐着的、谈天说地的、吼喊小孩子的，还有忙着喊来亲朋好友来加入这“盛宴”的，想不热闹都难！土豆的香味越来越浓，柴堆的火苗越来越弱，有些人终于是等不及了，你看他忙不迭就从火堆里夹出一颗通身裹着黑灰、冒着热气、透着焦香的土豆，两个手来回倒腾几下，土豆的焦煳皮被一点一点剐了去，细白沙面的瓤就露了出来，吹口气迫不及待咬一口，却还是跺一下脚，终归是牙缝里蹦出一个字“烧”，再吹一吹，腮帮子鼓起来了，唇齿间咬合得如此痛快淋漓。不知谁还带来了几瓶老汾酒，不用分什么你我，咬掉了瓶盖，你喝一口，下一口就从瓶口流到了另一个人的嘴里，别人从你手里拿酒的瞬间，不知谁又往你的嘴里塞了一口自家刚腌的酸白菜，辣得带劲、酸得给力。不觉已是近黄昏，男男女女个个都是墨斗画脸，他们嘻嘻哈哈在行走的路上又预谋傍晚的牌局该设在谁家。

整个冬天，在早上的小米稀饭里煮几颗土豆，一上午步行去五里以外的镇上打个来回，你都不会觉得饿。自小奶奶就告诉我“早起吃土豆，耐饥”。中午，家家烩菜铁锅里的主角一定是土豆，土豆和南瓜是最佳搭档，它们两个相互渗透，彼此作用，是老人和小孩的最爱。大雪一过，再杀一头大肥猪，土豆、白菜还有自家做的豆腐、土豆、粉条混在一起，满满当当的一锅杀猪菜满巷飘香，让那些讲究体型的女人们也难挡诱惑，一碗下肚还想再来一碗。

岢岚、静乐、偏关、神池、五寨、宁武等包括代县城在内的十四个县市多年来都大面积推广种植土豆，土豆已成为老百姓生活中不可或缺的食材。五寨的土豆由于颗粒大、形状圆、整齐度高，蛋白质、还原糖以及其他微量元素高，在二〇一八年九月还被正式批准对“五寨马铃薯”实施农产品地理标志登记。随着农业技术的提升和推广，土豆的种类也越来越多。黑土豆淀粉含量高、肉芽小、口感好；褐土豆常见、普通，适合做土豆泥和炸薯条；紫土豆外观靓眼，吸人眼球，价格相对高，是农民兄弟青睐的经济实用性作物；还有红土豆，口感绵、出粉量高，来自土豆之乡“秘鲁”，又在我的家乡安家落户，虽是“嫁过来的”，但老百姓更是高看一眼。据统计土豆有三千多个品种，是全世界人民的主要蔬菜之一。

在晋北地区，土豆更是美食中的“大哥大”。说起故乡的粉条，依然离不开土豆。软糯劲道的土豆粉条早已是名扬四方，周边县市的土豆也是吃香、紧俏的。香辣过瘾的火锅里离不开土豆粉条；鲜美地道的羊杂割里离不开土豆粉条；一颗圆白菜里来一份土豆粉条，身价就自然提了起来。记得幼时，母亲做好的土豆粉条一出锅，我就要捞满一个大笨碗，一股醋、一勺盐、一滴香油搁一块，搅拌搅拌就风卷残云一扫而光。就连勾芡提味还是少不了土豆面粉的功劳。

多少年了，我还是改不了刻在骨髓里的饮食习惯。不管是出差还是游玩，土豆永远是我的首选美食。在四川，坐在春熙路的一个小酒馆里要一个麻辣土豆熘肥肠，一个人静静地享用、由不得你感谢这美好生活的馈赠；在青海湖当地牧民小铁锅里，酥黄鲜脆的小土豆也总是吸引着我的目光，由不得你不吸溜着嘴解解馋；在青岛的海边，喝着啤酒、吃着海鲜总觉得欠缺些什么，说什么也得来盘家常土豆丝，好像肠胃里早已适应了土豆的存在；邻居做出来的土豆泥口感软糯、满口飘香，就连小孩子也会吃得津津有味；不管我走到哪里，土豆总是最熟悉的存在，因为有了土豆，再远的地方也会有家的感觉。

土豆在我的生命里不是普通的蔬菜，更是救命菜。

七十年代的农村是靠工分吃饭的，家里壮劳力多的，工分多，口粮足。父亲在外工作，家里只有母亲一个劳力，拖家带口自然出工时间少，口粮严重不足。在秋后瓢泼大雨的时候，经过雨水冲泡，已经收割过的土豆地里才会显露出被遗漏的土豆。为了贴补家用，三十多岁的母亲会拖着裹满泥巴的双脚在地里一行行探寻捡拾。母亲一颗一颗捡，一趟一趟往家背，雨水一遍遍从她的额头流下，全身就像水洗过一样。母亲的腿疾大概就是那时落下的吧！

捡回来的土豆，大大小小、好好坏坏要分好几回。大的光溜的等着待客过冬，这是数量最少的；疤疤坑坑的削干净上笼蒸几锅，打成泥热锅煎饼；剩下小的、不成器的，就进了圈里大肥猪的口中，它的重量眼见得像吹气球一样噌噌往上涨。

土地包产到户后，各家日子慢慢好了。但是，不管有多少地总得空出种土豆的来。谁家城里还能没有个亲戚？吃惯了精米细面的他们品尝到从乡下远道而来风尘仆仆的土豆时，心里总会是热辣滚烫的。

如今，只要我回家，母亲总是要搓一顿细如粉丝的高粱鱼鱼，熬一锅爽口醇香的土豆酸菜，再配上一小碟代县人家自己腌制的老咸菜，待我盘腿坐在热炕头的时候，它们早已被一样一样摆齐待用。饭后，走出大门的我回回摸着滚瓜溜圆的肚皮，哪还在乎裤带眼放了几扣？

土豆养活了家乡人，家乡人对土豆的热爱也深入骨髓，他们一定和我一样经常会说：最爱土豆！

其实，你不说我也知道

现在，你说我是个“黄脸婆”，当你买了件新衣服给我，我穿了想在你面前臭美一番时，你连眼皮都不抬，打着电脑，看着周星驰的搞笑片，让我眼睛喷火。十年前的你不是这样，我翻了一个跟头，你说像侠女，照了一张照片，天天摆在床头。其实，我去商店问过了，那件衣服花了你半个月的工资，你的眼镜早该换换了，可你还用胶布黏着。

你说我是“左撇子”，笨得出奇。削个土豆也总是弄破自己的手，我不疼啊！可你的唠叨让我想起我的亲妈，老人家眼力真毒，不吭不哈把我这个 “糊涂蛋”顺利交接。

你说，我爱乱花钱，一到商店就像自行车刹不住闸，见东西就瞎买。所以，你从来不和我逛商店，求你也不行。十年前，你许诺说：“等咱有钱了，你可着劲儿花。”年年的情人节，你总要买一朵玫瑰，从来不问价钱。我的生日你一直记着，因为我是长辫子，一个包里全是发夹，那几个大红的，我戴不出来，一直保存着，我知道，只要我是长辫子，漂亮的发夹还会有很多。

你说，我不会照顾自己，以后我生病，你要把我扔出去。家里做好一条鱼，你总是为我挑干净刺儿，还要吩咐一声“慢慢的”。每次，我看书睡着，背上总是多一件外衣，我知道一定是你悄悄披在我身上的。

你说，你不喜欢我的坏脾气。那天，你喝酒回家晚，我不想理你。可你一点都不认错，绷着脸像个没长开的秋南瓜。后来，我知道那晚你的同事都喝多了，只有你晃晃悠悠回了家。

多年了，你从来没说过一句爱我的话，年轻时你说，自己穷，怕我跟了你受罪。现在你说，你要多挣钱，让我过好日子。

我说，下辈子我们是做哥们，还是做夫妻？你说，下辈子你肯定和我不是一家人，人没有下辈子。其实，我知道这辈子我从不让你省心，下辈子的你，不知道还能遇到谁。我奢侈地想，下辈子你要是块石头，我就做一棵树，长在你的身边，为你也遮遮风挡挡雨。可是，即便你不说，我还是觉着欠你那么多。

二〇〇八年五月

小白窗

电话里小姨说："西关的院子荒了，院墙倒了，家门前的那棵椿树也被锯成一个光秃秃的树墩了，屋里外公和外婆的照片还摆在角落的斗柜上，他们已经以自己的另一种方式继续守护了这个家两年的光景了。入冬前一场连阴雨下了一周多，老房子实在顶不住了，梁柱倾斜、四壁皆坏、砖瓦外露，眼看着就要倒掉了！"我急切地问她一句："小白窗呢？"小姨说："老人们走后，小白窗就被一块厚实的木板封死了，原本是防着外人的，其实防与不防又有什么意义呢？家里早空了。"我说："不是姥娘姥爷还在吗？"瞬间我又连忙纠正道："他们的照片还在呢！"小姨说："嗯，也只剩照片了。"我记得照片里的他们和活着时一样，依然笑容可掬，依然目光慈爱，就像多年前，他们从小白窗里看向外面的目光一样，急切、热烈地迎，恋恋不舍。

外公和外婆都是高寿，外公还过了百岁。人人都说老院风水好，养人。外婆家居于一〇八国道西侧，从我记事起就记得只要抬头望向一〇八国道，姥爷家的小窗就会跳入我的眼帘。它的外周用白灰抹了，内径方而正，一半是九宫格的木窗，用麻纸糊了；另一半装了通透的

百岁夫妻

来自民国的婚书

令承

張新印先生介紹及

家長同意雙方情願訂定婚約此證

介紹人張新印

中華民國

五世同堂

玻璃，近看，泛着淡淡的蓝光。娘说从她记事起这扇小窗就一直有，有多少年？她也说不清。想一想有多少人、几代人的目光曾在这扇小窗停留过？又有多少脚步曾在这扇小窗逗留过？只记得，小时候走在去往外婆家的路上，就一直问娘：“啥时到啊？实在走不动了！”娘总会回答：“快了，快了，看到小白窗就到了。”听到这句话，我就会不由得加快脚步。真的，醒目的小白窗远远就吸引了我的目光，不用问，外婆也一定从小白窗看到了一步一步走近的我们，不然为什么我们前脚刚迈进院门，她总会说：“娃们，上炕吃饭！”

在外婆的口中她总喊娘“娃”，从未变过。娘在八十岁时，已经一百零一岁的外公还会握住母亲的手一直问她：“娃呀，冷不？”娘说，她小时候就怕冷，外公外婆把她这个弱症已经刻在心里了，一辈子也放不下。

记得那年正月，我们娘四个看红火，街上人挤人，挤来挤去我就走丢了。我扯着嗓子喊娘，娘没有回应；我哭着喊娘，娘还是没有回应；只有给秧歌和船灯伴奏的唢呐和笙管的乐音在人群中飘来飘去。我对自己说，到姥娘家一定可以找到娘，可是怎么才能找到姥娘家啊？我还没有一个人出过门，但我知道，顺着大路走，找到了小白窗就一定能找到老娘家。我从人群中钻出来，向着老城的西门一路向前，鞋跟跑掉好几回，经过一个又一个大门，喔，远远地我看到了小白窗，她似乎也在翘首迎接我，三步紧着两步我跌跌撞撞跑回了家。此时，娘也正急着四处寻找我，眼见着我一进门，“啪”一巴掌轻拍了下来，“你个不听话的娃，哪去来？惊人倒怪的！”姥娘对娘说：“回来了就好！”她还夸我：“本事的俺娃，那么远的路怎么回来的？”我用手背抹一下脏兮兮的泪眼，抽抽搭搭说：“找到小白窗不就行了！”小姨说：“是的了，咱家小白窗在关里头是头一家，找小白窗就对了。”

姥娘家的房子翻修了好多回。大舅娶亲时拆了土炕换成大床；二舅娶亲时，又把大白粉刷墙换成乳胶漆；后来，因为添丁加口，一大家子人住起来还是有些窄逼。有时候，家里闷闷的，但是，顺手打开小白窗，心胸就会豁然开朗。而孩子们的笑声准会破窗而出，幸福和快乐荡漾在每个人的脸上。

日子越来越好，我们越来越大，姥娘和姥爷越来越老。舅舅们早已另立门户，日子过得红红火火。大家各有各的事做，院门前的两盆夹竹桃自顾自开放，还是那么香、那么艳！不知有多少个黄昏，姥娘、姥爷背着手，佝偻着腰，一遍一遍盯着它们看，也一遍一遍自言自语："都五天了，四丫头也不来，花儿该喝水了。"偌大的院子里出奇得静，似乎连花瓣落地的声音都能听得到。

姥娘和姥爷相守七十八载，他们的一纸婚书已经泛黄、褪色。但是，时不时地，老两口总要拿出来，阳光从小白窗照进来，落在那一片红纸上，他们小声念着上面的每一个字，好像昨日如新，一切美好也才刚刚开始。

姥娘离世时已经九十五岁，九十八岁的姥爷握着她的手久久不愿松开。那个不会发脾气的老婆子、那个只会微笑的老婆子变成了一张黑白照片，面对着常常发呆的姥爷。

姥娘走后，姥爷不情不愿被众人架着离开了老院，住到了高楼，谁都说那是享福的日子啊！不用烧火、砸炭，就能热饭入口，不用挑水、清扫，自来水就能入户到家。多了闲散的时光，少了人间的烟火。他多像一只无所事事的老猫啊，闭眼、打盹，却又心如明镜。有时候，他翻来覆去翻着旧年的日历，总是感叹：没意思。

是啊，没有姥娘的日子，姥爷吃什么都是不咸不淡、味同嚼蜡；没有姥娘的日子，姥爷扳着指头数着独自过往的每一天，他说这是煎熬。

双脚沾不到泥的姥爷，走过万水千山的双脚被禁锢在小床的四周。他说自己是个囚徒，楼房阴气重、暗，也黑，他总说冷。

八十岁的女儿和一百岁的父亲

姥爷病了，六个儿女就在他的床边，姥爷要是说摘星星下来，他们也会想尽一切办法，来全了他的心愿。但姥爷说了，什么也不想要，只要回老院，那才是他的家。

姥爷又重新坐在刚刚盘起的土炕上，好像秋后地里的庄稼还在吸收着泥土的养分，和就要来临的寒冬做最后的抗争和准备，他努力挺了挺腰，眼光落在小白窗旁边姥娘的照片上，便不肯挪开片刻。

姥爷实在不愿过没有姥娘的日子。

姥娘和姥爷离开这么多年了，可我从来没有梦见过他们。

娘说，她不经意间经过一〇八国线的时候，还会不由自主想起姥娘家的小白窗，我说，我也是。

我拿什么拯救你

二月刚过，也不知从哪里一夜之间就突然冒出两只可爱的小狗狗。一只通体黝黑，戴了一条“白围脖”，穿了四只“小白鞋”；一只穿了一件黑色波点“毛大衣”，大白脸上架了一副椭圆形“墨镜”。

它们依偎着蜷缩在小区尾楼一个不起眼的拐角处。黄昏时，我过去看了看，看到我，它们一溜烟钻没了影儿。不管怎么样，我还是留了一些狗粮和水。夜里起了风，也不知道它们是不是吃了一点点。一整晚，我只听见它们哼哼唧唧，不知道是冷，还是饿？还是在想它们的爹地和妈咪。

早早起来，想去看看它们。它们用黑眼睛瞅着我，满是惊恐和不安，我想摸摸它们的小脑袋，刚往前走一步，两个小东西撒腿就跑。楼前出来两个人，指着它们说：“哪来的野狗？咬了人怎么办？快让人处理了。”我忙解释：“不妨事的，它们挺乖，怕人，过几天我就送回乡下了！”“你的？”一个中年女人捂着鼻子问。我心里想，难道小狗狗讨人嫌了？从那天开始，我成了它们的铲屎官。我实在怕它们被人撵了去，它们还那么小，该怎么活？

过了几天我给它们拍了一个又一个小视频，镜头里它们活蹦乱跳，可爱至极。偶尔，我喊一声“小花、小黑”，它们也会应声而来。有时候，它们会在我家窗前汪汪汪叫，是在喊我吗？我把狗粮放在手心里，它们也会小心跑过来，试探性地慢慢吃掉，可是，还是不让我摸。门大开着，我想让它们进来玩一会儿，家里的大黑狗凑到门口，似乎像个好客的淘气娃正招呼着自己的玩伴，可是两个小可爱只在门口探探脑袋，就箭也一样跑开了。老公说：“听说它们是被人遗弃的，当初的三小只，死了一只，剩下两只，要不是你投喂，也要死了，它们对人毫不信任。再说，像这样的，有好多，你能管几只？要是不小心伤了人，有你好看。”我说：“你看，我碰到了，就不忍心，它们碰到别人跑还来不及，哪会伤人？你看，现在它们不是已经从我手心里叼吃的吗？再过几天，我就能抱一抱它们，也一定会给它们找一个温暖的家。”

又过了些日子，听到我开门出来，小花和小黑远远向我飞奔而来，当然，它们像大黑狗一样可以品尝到肉丸、火腿还有狗狗的零食。我去上班的时候，它们会送我走出好远，有时不觉就到了马路边，车那么多，顽皮的孩子也那么多，不是所有的人都喜欢你们啊！我跺跺脚，一回又一回想把它们吓回去，可它们还是固执地跟在身后，我只好返身回来，也不知它们听得懂还是听不懂，叽叽咕咕对它们说：“乖乖回去，等我回来，再看你们啊！”正好有生人过来，它们一步三回头夹着尾巴就逃掉了。

我把它们用餐的地方从户外转到了地下室。我想，那里应该是暂时安全的吧！

姨打电话说："看到了小狗狗的视频，好喜欢，抱回来吧！"姨现在是一个人，如果有小花和小黑做个伴，日子不会那么孤单。在乡下，过去不是几乎家家都有一只看家狗吗？小黑和小花马上就有了自己真正的主人，有了自己真正的家。

小花和小黑看上去胖了不少。老公说："你那小黑狗快成狗熊了？"我说："不可爱？"他说："可爱，可爱！"我说："小花呢？"他说："小花像个聪明娃，你就没发现，小黑总跟在它身后，像个跟屁虫。"其实，我更喜欢小花一些，它就像个嘴甜的小妞妞，有时候，吃完饭，它还会在我跟前打转转，我就把它这种行为当作对我示好吧。

饭后，听见外面吵吵闹闹，还有小狗的叫声。我趿拉着鞋冲出去，一群孩子拿着长棍、铁铲从地下室跑出来，我在停靠的私家车底下发现了它们，小花、小黑瑟瑟发抖，我喊不出它们。只是喘着粗气正告那些休假的孩子们：别动那两只可爱的狗狗。

后天，就后天，我要把它们送到乡下，给它们一个安稳的家。

我去上班时，小花和小黑又从车底钻出来，还是送我到马路边。我挥挥手，它们怯怯退后。

晚上下班回来，罕见地没了两个迎宾的"门童"。走到家门口，我一眼看到小花躺在那里，从来没有过的安静，小黑呢？我走近小花的身边，天啊，小花的嘴角流着血，身体尚有余温，"小花，小花，你怎么了？谁把你打成这样的？"可爱的、活泼的小花，会摇尾巴的小花再也不会站起来。不知什么时候，小黑悄无声息地钻出来，用它粉红的舌头舔舐着没有气息的小花，它呜咽着。我将小花的身体轻轻包起来，老公说："天不早了，明天把它埋掉吧。"我低垂着头说："好！你把它埋在卷毛毛身边。"那是一只活了二十三年的老狗，一只我小时候就喂养着的狗，如果万物皆有灵，可怜的小花就在旺星界让一只祖奶奶般的大狗陪护着它吧。

当晚，小黑跟在大黑狗身后破天荒踏进了我的家门。但它，不吃也不喝。它蜷缩在一角，一直在瑟瑟发抖，我不敢动它，毕竟这是一只被人遗弃的、流浪的、从未信任过人的野狗。但我，真的想救它。

乡下有安静的院落，有慈祥善良的姨，有想喂养它像喂养自己孩子一样的主人。

车，一路飞快，我把小黑送到了想象中的乐园。我甚至看到了不久后的小黑，翘着小尾巴，健康、快乐地在阳光下撒着欢儿自由奔跑。姨早早等在门口。煮了鸡蛋，拌了肉沫，放了牛奶，但小黑不看，也不吃。

姨带着哭腔说："三天了，这小狗狗啥也不吃，精神也不好！"我说："喂药啊！"姨说："见人就跑，喂不进去。"我猜，可怜的小黑一定目睹了小花被棒杀的整个过程，它一直在噩梦中，那里的人类个个凶神恶煞。

连着几天，我不敢问小黑的消息，姨也没来电话，或许呢，小黑慢慢康复了呢！

但，不幸的消息还是来了，姨说："小黑死了，身下一滩血。"她还说："小黑也是被打死的，只不过是内伤，慢了些。"

我的眼泪顺着鼻沟流到嘴里。

小花留下的血迹早被一场春雨冲刷干净。一切都像什么也没发生过。

我给两只毛孩子置下的饭盆和水盆都在，几颗狗粮沾满灰尘。

我曾经想拯救的那两只叫小黑和小花的狗狗再也不会回来了。

二〇二四年四月十九日

你注定是个了不起的妈妈

前些天和一个久违的朋友在聚餐时相遇。只不过几年工夫曾经靓丽新潮的她，看起来却尽显沧桑，头发大半已经花白。说起自己的孩子却满脸骄傲。哦，他已经被保送到中科大读博了。同桌的人都羡慕她的孩子有个好前程，也夸她教子有方，是个了不起的女性。

可是，如果了解她这几年的种种不易，更觉得她是个了不起的妈妈。

她晚婚，临近四十岁才得了那么一个宝贝疙瘩，按她话说，亲得心疼！

孩子两岁被确诊孤独症，她辞了工作专门照顾孩子。一个拿勺子吃饭的动作她教了三个月，一个提裤子的动作她教了两个月，可他总是学会了呀，她的成就感来自孩子的一个小小进步。孩子从不会看着她的眼睛喊“妈妈”。孩子的爸爸想要个老二，她不同意，如果有了优秀的老二，那爱的天平一定会倾斜，那不是她的错，却是她的罪。柔弱的她第一次显得那么有主见，第一次和丈夫吵了个天翻地覆，丈夫也第一次甩门而去，那一夜像一个世纪般漫长，而她如同重新选择了一生。一个母亲怎么能够放弃自己的孩呢？那是她的命。

她陪着孩子成长，其实，她也在成长。不知不觉中她变得越来越坚强，每一天每一件事她都觉得是天赐之福！就连孩子的不寻常她都觉得那是一种对心态和毅志的磨练。她不计较得失，不攀比他人，不言论祸福。安然自在，真实坦诚，人如菊，性如竹。眼里有光，胸中有爱。

这么多年来，她先是领着孩子走，后来她跟着孩子走，以后，她会目送孩子走。一个来自星星的孩子，终于让一个母亲用二十年的时间使他重回地球，散发出的光芒催人泪目。

即使生活一地鸡毛，也要优雅地拾起来做成鸡毛掸子。这是《了不起的中国妈妈》书里的一句话。好像世界上所有的妈妈在孩子面前都是万能的，从不退缩，她们的骨头是铁打的。

我还记得有位高考状元叫庞众望，父亲是精神病患者，多病且残疾的母亲冒着生命危险生育了他。在他生病需要手术时，是母亲挨家挨户借钱又一次拯救了他。为了多陪陪孩子，她把生命的长度翻了倍，也把成千百倍的爱留给了独自在人世间打拼的孩子，众望所期也所归，必是一个母亲柔软如丝的心语。

《不起的中国妈妈》是把所有的妈妈从琐碎中抽离出来的万能书。书中的女性会从工作、家庭、孩子之外再抽出时间活出自己的范儿，她们可以上天揽月下海捉鳖，她们是行业大姐大，也是生活里被烟火气熏着的十三姐!

神奇的“我的妈呀”！《了不起的中国妈妈》里金句颇多，这句我最深刻，深到骨头里，深到血液里。妈妈，这个称呼一出口，当妈的立刻成了“能量加速器”，任何时候在孩子面前都是满血复活，我的妈妈是这样的，我也一样！世上不一样的妈妈却都有一副菩萨心肠！在孩子面前妈妈们都是“神无敌”！

再寻常的妈妈都担得起“了不起”的评价，不信你问问那些爸爸们，他们在见证了妈妈们生儿育女时骨开肉剖的辛苦剧痛后，哪个敢说“不”？

家庭之幸源自一个了不起的妈妈，国家之幸同样需要千千万万个了不起的妈妈。身为女性，身负荣光，我将勇往直前！

玩具

儿子比小侄女大十来岁，小侄女闲得无聊，总是要缠着他："哥哥，和我玩！"在电脑上已经几个小时的儿子正在一款最新游戏里冲杀，回道："嗯，小屁孩，一边去，玩洋娃娃去！"小侄女噘着嘴："哼，不理你啦！"她的手却不老实，慢慢去拉儿子掌下的鼠标，电脑屏幕上的那个人还没打就"死"啦，儿子有些恼，喊着"打你"，小侄女抽抽搭搭向我告状："你快管管哥哥，他玩游戏，还打我！"我冲儿子喊："你哄哄妹妹不行，她那么小！"儿子摆摆左手："要不你给她买个新玩意？成天黏人，都不让人痛痛快快玩一会儿……"我说："还买啥？动画书一堆，电动玩具一堆，玩具车十几辆，两轮、三轮、四轮、五轮、六轮的都有，哪个感兴趣？我们小时候，五色羊拐骨、摸圆的小石头、小布头缝制的沙包、羊皮包着铜钱的毛毽、箍桶转动的铁骨，还有硬纸片叠好的纸片，哪一种不是玩得满心欢喜，乐不思家。现在的孩子们呀，都被惯坏啦！"我喊着，心里实在不痛快。哎，惯坏这帮"祖宗"的，不是别人，恰恰是身为长辈的我们。想想看，家家户户就一个娃，谁家不是心尖尖上的。东西来得容易，自然就不珍惜了。

好在儿子对这个小表妹还是挺宽容的，至少他在游戏里纵横四海时，别人是不能打扰的，小表妹倒是个例外。但是，小表妹实在也不能影响到他那高涨的兴致啊。

儿子说："这游戏打得真不爽！你这小人儿真烦啊！"小侄女继续缠他，不知道什么时候居然蹭到了他的怀里，小手指着屏幕说："哥哥，打呀，打呀！"字幕上有人发了一个愤怒的表情包，看来，儿子的队友开始要骂人了，尽管儿子发了许多求原谅的表情，但对方还是溜掉了，儿子将小侄女扔坐到沙发，悻悻地说："不玩了！"

他"砰"一下摔趴到床上，又将注意力转移到手机上。小侄女吐一下舌头，朝我扮个鬼脸，哼一句："哥哥不高兴了？"儿子瞥她一眼，脸朝墙不说话。

隔天，送快递的喊我。我看见两只白色的兔子互相贴着挤在铁笼子里。

我没买，哪来的？我满心疑惑，儿子说："没错，我买的，给妹妹的！""啊！你买来谁喂？"我问。儿子说："给妹妹当玩具，我喂！"

小侄女听说一对小兔子到家，跑过来，摸摸这只，摸摸那只，嘻嘻哈哈笑个不停。儿子给小侄女一个"摸头杀"说："我说你一定喜欢，比电脑好玩吧？"小侄女听他说着，一个劲儿喊"好玩，好玩……"

电脑屏上游戏界面重新启动，儿子披甲佩剑，重现江湖。小侄女怀抱小白兔，做着嫦娥奔月的动作。

养过猫狗，我还不知道兔子该怎么喂养，我甚至没有观察过兔子的后腿比前腿要长那么多。我想当然地认为：它们吃青草和蔬菜就能存活吧？

兔笼里没有缺过萝卜和青菜，两只兔子的嘴从来没有消停过，我想让它们长得快一点儿。

可是一周后，一只小兔子竟然死掉了，头天晚上不是还挺好吗？为什么会这样呢？它的红宝石般的眼睛深深陷了下去，我拨弄着它还带着体温的小小身子，不停叹气。小侄女哭得声嘶力竭，儿子很懊恼："早知养不住还不如不养呢。"我说："洋娃娃破了可以缝补，小车坏了可以修补，你买个这，死了就是条命，让人心里麻烦的！"

剩下的那只兔子，好像没有因为失去同伴有过一点儿悲伤，自顾自吃、睡！只是，小侄女对这只唯一的兔子也没了兴趣，她才只有七岁，便天天喊着各种不好玩。

儿子似乎又新买了游戏，说是电脑内存不够！小侄女虽然不知道内存不够是什么意思，但是儿子的游戏里各种新人类语言她是真学了不少。她把快一点儿称作"速度"，比如她嫌我走得慢，老远就会喊："姑，你速度！"我的脑子已经不是简单的过时，而是有些错乱了。儿子说："这种语言好玩！"什么时候，语言也能玩，可我偏偏玩不来！

剩下的那只兔子长大了不少，邻居说我们白辛苦，老公摊着手说养着玩的！真的，好几次我看见他逗着小白兔转圈圈儿，他说："兔子笨，不如狗。"我倒觉得它笨点儿挺好的，不像狗那么精，如果知道那么多人不喜欢它，该有多难过。

西厢房，有一只橡胶狗狗，那是小时候父亲送我的，搬家时，我就一并带过来。拿给小侄女时，她好奇把玩了片刻，当知道是个旧物时，

“啪”的一声扔给了睡觉的大黑狗，大黑狗咬了咬，橡胶狗狗吱吱扭扭叫，看样子大黑狗一时半会儿不会松口的。

可我一定要拿回来啊，因为那是父亲当年送给我唯一的玩具。在我的心里，它却值得我永久珍藏。

幸福如歌

从小到大，父亲的故事不知听了多少遍！奶奶讲过，爷爷讲过，母亲讲过，父亲自己讲过。

现在，我也给自己的孩子讲一遍。

家道衰落，祖父三十岁才牵着一匹黑色的小毛驴将我的祖母从村前一条长满杂草的小路驮回家。没吃少穿的日子贯穿了父亲整个童年，那些苦日子一直让父亲记忆犹新。

时过后晌，已经前心贴着后脊梁的父亲望眼欲穿。傍着黄昏，小路上一个会移动的、慢慢放大的“黑点”由远及近。这是走村串巷大字不识一个的老祖父刚刚卖光了大竹篮里的菜籽正归心似箭往家赶，家中的妻儿父母饥肠辘辘，早已盼着等米下锅。偶尔，祖父会换回一些陈谷旧高粱。饭后，祖母会迈着小脚在磨道里在月色朦胧下赶着蒙着眼睛的小黑驴一圈一圈走，什么时候磨完，什么时候回家。磨好的米面里还有浮糠，为了省下一点点煤油，天一放亮，祖母就会在核桃树下用簸箕颠好簸净。一夜辛劳，累是累了点，好在全家人有了早饭的垫补。

父亲十岁上小学，因为跳级只上了两年。用他的话说，既省了家里的开支，也省了几双家做的布鞋。那时，家里七八口人的衣帽鞋袜全靠祖母一人细心缝制。一次，我从旧物堆里翻出一个杨木“吊钵”，只见几圈细麻绳还完好无损地缠绕在上面。当年，祖母坐在门洞里搓麻捻绳的画面就会清晰起来。想一想父亲身穿祖母亲手缝制的衣裤，脚着祖母纳制了行针脚的鞋袜，每天往返家与学校之间，道路漫长，但足以让梦想开花。

十二岁时，父亲恋恋不舍地回头，他和村里唯一的通往外面的小路告别，自此开始了在外求学的日子。正是长身体的时候，怕他吃不饱，祖母在石磨上时常磨一些黄豆和干枣再掺些莜麦炒成熟面，托人给父亲捎了去，作为补充身体的营养。为了省出些路费也省出一些多余的时间，父亲很少回家。山里的少年用勤奋和汗水换来了累累硕果，父亲的成绩让师生刮目相看。父亲说：“高考时，每道考题有如神助，迎刃而解。”他还说一定是祖母茹素焚香做善事的原因，但祖母一直说，父亲的懂事和吃苦耐劳才是根本原因。从小，父亲就知道穷人的孩子要想改变自己的命运，读书识字是唯一出路。祖父说他这一生为娃们供书念字再苦再累都是值得的。这个买卖菜籽的小贩，肩挎装满菜籽的竹篮，在四季的叫卖声中走遍了邻村上下的路，更是为自己的孩子们修建了一条洒满阳光、无惧风雨的锦绣前程。

“出了代州城，在原平中转，就能到了省城太原。”几十年过去了，父亲还记得上大学时祖父送他出村时的嘱托。那时，村前只有一条南北相通的一〇八国道，国道上少有四轮汽车，只有大马车来来往往，马夫鞭子一挥，“啪啪啪”几声响彻云天，我们家养不起骡马，路再长、再远，父亲也会甩起臂膀大步流星往前赶。当时，从代州走到原平，八十里路着实远了些，但是，从来没想过停下脚步的父亲还是脚底生风、不舍停歇。路上，一辆马车吱吱扭扭就停在了父亲的身边，赶车的和父亲简单聊了几句，得知父亲是去原平坐车上大学的，便说他们是去原平后山贩卖焦炭的，顺带能把父亲捎到原平。父亲说：“到了车站，想问问人家姓甚名谁，可人家摆摆手一直也不说，只撂下一句：“娃，好好念书。”父亲说：“那张陌生的脸庞一辈子也忘不了，只是后来连个道谢的机会都不曾有过。”

那时，从原平到太原还没有快速旅客列车，父亲坐在绿皮车里，咣当咣当四五个小时才到了太原。大学四年，父亲鲜少回家。祖父从没有到学校探望过他。偶尔，祖父会托人给父亲写封信，信里大多是嘱咐他出门在外照顾自己、保重身体之类的话。要是临近过年，信里总要再填一句“我娃回家路上要注意安全”之类的话，从家乡走出来的父亲总要在春节前回到日思夜想的故乡。

父亲毕业后被分配到包兰线的一个四等小站。父亲说，小站周围荒无人烟，喝水要到黄河边上，吃菜要到二十里外的萨拉齐采购，一周一次。有一年冬天赶上了大雪封山，掐断了通往市区的道路，二十几个工人饿得头昏眼花，但是作为养路工，大家都是硬撑着去检修管辖的线路，才确保了十几天没有出现一点安全隐患。直至上级部门了解情况后及时将后勤补给运送过来，才解了燃眉之急。也是从那以后，父亲从养路工转岗为铁路子弟学校的人民教师。为了新学校早日投入使用，年轻的父亲经常乘着火车向上级汇报情况，也为学校置办有关教学的教具。那时，母亲作为铁路家属陪在父亲身边，但父亲是个原则性很强的人，从来不曾占用工作时间经营自己的小家，就连母亲和大姐生火做饭所用的燃料，也是年幼的大姐沿着铁道线旁的小树林捡拾的枯柴断枝。父亲的学校离铁路不远，但从来不带姐姐去。姐姐的乐趣，就是沿着无尽的铁路线看着驶来又驶去的一列列火车，有时在老远，母亲就会看到姐姐手舞足蹈喊着“火车来了，火车来了”。

也是在那一年，祖父平生第一次有了坐着火车到口外的新体验。火车的速度颠覆了祖父所有的想象，祖父年轻时赶着马车到内蒙古拉过药材，一个来回个把月。同样是一千多里的路程，现在一天多就到了，祖父咂吧着嘴：“乖乖，真带劲，这不和神仙腾云一样啊！”如今，距离没有改变，要是乘着动车去呼市，从原平出发也才不过四个小时，早上出发，中午前就到达，连午饭的手抓羊肉都误不了，要是祖父在，不知还会发出怎样的感慨?

一九七〇年，当时的太原铁路局拟在原平铁路地区建一所职工子弟学校，刚过而立之年的父亲奉命从包兰线调回，成为筹备工作组的一员。母亲说，她和父亲平时也碰不了面，只有等到每个周末，父亲才会坐着太原开往灵丘的小票车经过四十多分的路程，从阳明堡下车再走近一个小时的路程才能和妻儿团聚。乃至几年后，父亲经过的路上，村民每当看到父亲从身边走过时，时间观念不太强的他们立刻就会反应过来“周末到了”。后来年幼的弟弟也跟着父亲在这条路上行走了二十多年，完成了学业、参加了工作、成家立业。

代县白草口锯齿长城　王晋东摄

离开少年英武，归来壮志依旧。八十六岁的父亲，从城里回到乡下已经多年。只要有时间，总要出来走走、转转。他经常和我说："时代变了，变得越来越好了！"是啊，我们原来住着的老房子早被拆迁了，取而代之的是单门独院的砖木结构混制建筑，气派、适用。原来从村里通往村外的小路也早已变成了平坦、通畅的水泥硬化路，每天都有人清水洒扫，年老的父亲常常在家门口看着一辆又一辆的汽车驶过，日升日落、寒来暑往，时光总是这样随意地被消遣，日历总是在不经意间变薄。偶尔，父亲会在行走的路上，发现“从天而降”的我们，错愕和惊喜总是让他语无伦次：“是你吗？二丫头。”我狠狠拥抱他一下，父亲会像一个小孩子一样，豁着门牙的嘴满含笑意。相聚不过几个小时，离别时父亲两手趴在车窗门口，一直念叨着：“有工夫再回来，路上慢一点儿。”车子启动，村口，父亲的眼神一直注视着飞驰而去的车子消失在视野之中……

我曾经答应父亲要在国庆七十五周年之前，带他去看看自己曾经工作和奋斗过的地方，父亲说：“都走遍，几千里地呢！再说，变成啥啦？还能认出来不？”我说：“现在的几千里地，坐飞机也不过是几个小时而已。”父亲说：“老了，我更愿意坐着火车去感受铁路的巨大变化。”

平稳、快速、舒适，是父亲一路对乘坐高铁列车的由衷感慨，而我知道，还会有更多新名词、新事物、新体验赋予现代中国铁路更多丰富的内涵。神奇、美丽、无与伦比将会是未来每一个中国公民使用率越来越多的字眼。而父亲曾经工作过的每个地方，个个都成了风景优美的花园，他寻旧的脚步变得更加急迫和轻盈。

返程的时候，母亲说，赶上了好时候，她和父亲老而有福。父亲却似乎什么也听不见，他一直望向车窗外，和着铁轨有节律的声响，轻轻哼着一首足以让自己陶醉一生的歌谣。

图书在版编目（CIP）数据

书香入梦 / 栗俊青著. -- 太原：山西经济出版社，2025. 1. -- ISBN 978-7-5577-1405-5

Ⅰ. I267

中国国家版本馆CIP数据核字第2024V2J508号

书 香 入 梦

SHUXIANG RUMENG

著　　者： 栗俊青
选题策划： 吕应征
责任编辑： 梁灵均
装帧设计： 梁灵均　华胜文化

出 版 者： 山西出版传媒集团 · 山西经济出版社
地　　址： 太原市建设南路21号
邮　　编： 030012
电　　话： 0351—4922133（市场部）
0351—4922085（总编室）
E-mail： scb@sxjjcb.com（市场部）
zbs@sxjjcb.com（总编室）

经 销 者： 山西出版传媒集团 · 山西经济出版社
承 印 者： 山西万佳印业有限公司

开　　本： 787mm × 1092mm　1/16
印　　张： 14.75
字　　数： 165千字
版　　次： 2025年1月　第1版
印　　次： 2025年1月　第1次印刷
书　　号： ISBN 978-7-5577-1405-5
定　　价： 72.00元